KB089717

자려고 누웠을 때
마음에 걸리는 게
하나도 없는 밤

일러두기

- 이 책에 실린 심리평가보고서는 실제 저자의 심리평가보고서를 바탕으로 재구성했습니다.
- 영화, 방송 프로그램은 〈 〉, 책은 《 》로 표기합니다.

자려고 누웠을 때

마음에 걸리는 게 하나도 없는 밤

정은이 지음

∽ 프롤로그 ∽

절망을 희망으로

자려고 누웠을 때 마음에 걸리는 게 하나도 없는 것. 한 예능 프로그램에서 방송인 홍진경이 말한 행복의 의미이다. 내가 꿈꿨던 행복도 딱 이만큼이었다. 그리 거창하지도, 지나치게 추상적이지도 않은 아주 단순한 행복. 하지만 내겐 그마저도 쉽지 않았다.

어렸을 때부터 특이하다는 말을 많이 들어왔다. 그 뒤에는 항상 사람들의 시선이 따라왔기에 나름 특별한 인생이라 생각했다. 눈에 넣어도 아프지 않을 아이를 품에 안으면서 특별함의 정점을 찍을 줄 알았는데, 이게 웬걸. 인생의 해피엔딩을 꿈꿨던 서른두 살의 어느 날, 끝없는 불안감이 나를 집어삼켰다.

특이하다는 말은 어른이 되기에 부족하다는 뜻이었을까. 사회가 요구하고 내가 바라던 이상적인 엄마의 역할, 그러나 이상을 따라가지 못하는 나의 현실, 그 사이에서 느낀 괴리감은 불면증으로 이어졌다. 낮에는 활동하고 밤에는 잠을 자는 가장 기본적인 생활을 영위하지 못해 병원을 찾았다. 그리고 그곳에서 나는 ADHD 판정을 받게 됐다.

특이하다는 말로 포장됐던 나의 충동적이고 감정적이고 산만한 성향을 병원에서는 ADHD라고 불렀다. 다른 말로는 '주의력결핍과잉행동장애'. 이 병은 집중력, 판단력, 충동성을 담당하는 전두엽이 제 기능을 못할 때 발생한다. 내 성격 때문이라고 생각해왔던 일상의 불편들이 사실 성격 탓이 아니라니 더 큰 문제로 다가왔다. 한 아이의 성장을 책임져야 하는 엄마에게 엄마의 자격이 없다고 하는 것만 같았다. 애써 외면하고 부정했지만 그럴수록 마음의 그늘은 짙어졌고 아이를 볼 때마다 미안함에 눈물이 났다. 아이를 위해서라도 이제 그만 삶의 그늘을 거둬야 했다. 그 시작은 나를 있는 그대로 받아들이는 것이었다.

이 책은 ADHD 판정 후 나를 바로보기 위한 지난 4년간의 고군분투기이다. 절망의 얼굴을 하고 온 운명을 희망으로 바꾸는 과정은 참으로 지난했다. 수차례 심리 상담을 받는 동안 묻어뒀던 과거를 다시 들춰야 했고, 나의 결핍을 인정해야 했다.

꿈을 '무엇'이라고 단정 지을 수 없지만 "어떻게 살 것인가"라고 묻는다면 "나와 같은 사람들에게 위로가 되는 인생을 살고 싶다"고 답할 것이다. 내가 걸어온 길을 걷게 될 이들에게 희망이 되고자 한다. 그들에게 말해주고 싶다. 당신과 같은 나도 미소 지으며 살아가고 있으니 당신도 그럴 수 있다고. 장애를 불운이라고 생각하면 한없이 약해지지만 성공을 위한 강한 자극제라고 생각하면 더 나은 사람이 될 수 있다. '이런 나라도 괜찮다'는 합리화보다 '이런 나라서 괜찮다'는 자신감으로 살아가기를 바란다.

모험하듯 나와 계약하고 끝까지 믿어준 봄름에 감사하

다. 계약을 하고 한 권의 책이 나오기까지 편집자와 주고받은 메일의 수를 세어보니 100통이 넘는다. 그만큼 편집자의 마음고생도 컸으리라. 함께 공부하고 고민하며 여기까지 올 수 있도록 이끌어준 편집자에게 고마운 마음뿐이다. 인생이라는 링 위에서 미소를 지을 수 있게 해주는 나만의 치어리더, 우리 가족에게 이 책을 바친다.

2019년의 어느 봄날,

정은이 씀

∽ 차례 ∽

내 인생은 해피엔딩일 줄 알았다

내 아이만 웃어준다면

제3장

기대지 말고 기대하지 말고

제4장

더 나은 사람이 되는 일만 남았다

제1장

내 인생은
해피엔딩일 줄 알았다

결국
정신과 문을 두드렸다

• 어렸을 때부터 납득할 수 있는 일만 해왔다. 일이든 사랑이든 확실한 동기 부여가 필요했다. 그 탓에 하는 일마다 결과의 편차가 심했지만 그 평균값은 남들과 비슷한 '보통'이었기에 이만하면 괜찮은 인생이라고 생각했다.

직장에서 자리를 잡고, 사랑하는 사람과 결혼해 예쁜 딸을 낳았다. 특별하지는 않아도 만족스러운 삶이었다. 그러나 시간이 흐를수록 일, 살림, 육아 같은 남들 다 하는 '보통'의 것들이 점점 어려워졌다. 잘할 자신도, 그럴 마음도 사그라들면서 어느 날부터인가 뜬눈으로 지새우는 밤이 잦아졌다. 잠을 못 자서 불안한 건지, 불안해서 잠을 못 자는 건지 혼란스러울 정도였다. 어렵게 잠에 들어도 세 시간을 넘기지 못했다.

불 꺼진 방 안에 누워 보이지 않는 천장만 끔뻑끔뻑 응시하다보면 마치 빛 한 점 들어오지 않아 어디까지가 바닥인지 알 수 없는 심해에 빠진 것만 같았다. 극심한 두려움이 일렁였다. 그렇게 3년의 밤을 보내다 결국 정신과를 찾게 됐다. 제발 잠 좀 자고 싶어서.

저만
이렇게 힘든 건가요?

* 독일 최고의 심리학자 배르벨 바르데츠키Barbel Wardetzki에 의하면 30대 여성에게서 주로 '자기애적 위기'가 관찰된다고 한다. 남들이 부러워할 만한 요소를 모두 갖췄음에도 불구하고 행복에 대한 기대치가 높아 충분히 행복할 상황에서도 스스로 만족감을

느끼지 못하는 것이다. 그들은 결국 사회적 성공이 내면의 행복과 비례하지 않는다는 사실을 깨닫고 클리닉을 찾게 된다.

내 상황이 딱 그랬다. 겉으로 보면 직업, 가족, 소득 모든 게 안정적이었다. 지금의 안정을 얻기 위해 부단히 노력해 왔고 이 정도면 제법 성공한 인생이라 생각했다. 하지만 남들의 인정이나 사회적 안정이 결코 나의 행복으로 이어지지 않았다. 평화로운 일상에 감사하지 못했고, 특히 엄마가 되면서 삶의 불안감이 증폭됐다.

완벽한 엄마, 완벽한 아내, 완벽한 며느리를 바라는 세상의 시선과 '나는 아무것도 몰라요' 하는 눈빛으로 구경만 하는 남편까지 모든 게 성가시게 느껴졌다. 1년간의 육아 휴직을 끝내고 회사에 복귀했다는 기쁨도 잠시, 어디 하나 성한 데 없이 몸이 아프기 시작했다. 나만 왜 이렇게 유난인 건지 억울하고 답답해 쉽게 잠을 이룰 수가 없었다.

"마음이 불안해서 몸이 안 좋다고 느끼고 자꾸 아픈 구석을 찾고 있어요. 자신의 마음을 몸으로 누르지 못해서 잠을 이룰 수 없는 거죠."

정신과 의사 선생님이 처음 내린 진단이었다. 살림과 육아가 여자의 의무라고 여기는 가부장적 문화에 반항심을 느끼면서도 막상 집안일이 쌓여 있거나 아이를 잘 돌보지 못하면 "나는 정말 형편없는 엄마야" 하며 죄책감을 느꼈다. 당연히 내가 해야 할 일이라는 주변의 압박 속에 어쩔 수 없이 하면서도, 이왕이면 잘 해내고 싶다는 욕심이 항상 뒤따랐다. 현실과 이상의 괴리가 크다는 사실을 인정하지 못했다. 마음은 이미 하늘을 날고 있는데, 몸은 가라앉지 않으려 열심히 발버둥치는 오리가 따로 없었다. 처방받은 수면제와 신경 안정제 덕분에 불면은 사라졌지만 불안은 사라지지 않았다.

"선생님, 저만 왜 이렇게 힘든 건지 모르겠어요."

"은이 씨, 다들 그렇게 생각하면서 살아요."

"진짜요? 남들도요? 다들 너무 잘 지내던데요?"

"왜 사람들은 똑같은 고민을 하면서 나만 그럴 거라고 생각하는지 모르겠어요. 다들 똑같이 고민하고 똑같이 걱정하면서 살아가요."

정말 다들 불확실성 속에 불완전한 자신을 키워가며 지

질하지 않은 척 살아가고 있는 걸까. 의사 선생님은 편안한 미소를 띠며 불면의 원인을 더 알아보고 싶다면 심리 검사를 해보자고 제안했다. 나의 심리를 알아보는 검사라니 여러 의미로 가슴이 떨렸다.

애초에
여기를 오는 게 아니었다

• 심리 검사는 여러 방식으로 진행됐다. 대면으로 질문을 주고받기도 하고, 카드에 그려진 그림을 보고 어떤 생각이 드는지 말하거나 직접 그림을 그리기도 했다. 한 시간 내내 초집중을 하고 나니 끝나고 머리가 아플 정도였다.

일주일 후 검사 결과가 나오는 날. 떨리는 마음으로 다시 병원을 찾았다. 다시 만난 의사 선생님은 어떻게 말하면 좋을까 생각하는 듯 멋쩍게 웃고 있었다.

"왜 그러세요?"

"요즘 많은 사람들이 이것 때문에 병원을 찾아요. 처음에는 다들 우울증인 줄 알고 오지만 검사를 해보면 아니란 걸 알게 되죠."

"네?"

"이 분야 전문가 선생님께서 성인 ADHD로 진단한 경우는 극히 드물어요. 쉽게 진단을 내리지 않거든요. 그만큼 확실하다고 사료됩니다."

"네……?"

"조용한 ADHD예요. 그래서 청소년기에는 잘 모르다가 어른이 되고 여러 역할과 책임감이 뒤따르면서 어려움을 느끼기 시작한 거죠."

무슨 말이지? 내가 ADHD라는 건가? 아니, 겨우 한 시간 봤을 뿐인데 나에 대해 뭘 안다고 '장애'라는 말을 갖다 붙이는지 이해할 수 없었다. 사실 내가 병원을 찾은 건 그저 누군가의 동정과 공감이 필요했기 때문이다. 회사에서 퇴근하고 집으로 다시 출근하는 하루하루가 힘들고, 내 마음대로 할 수 없는 현실이 속상하고, 작은 바람에도 쉽게 흔들리는 감정 때문에 지쳐 있었다. 단지 "많이 힘들었구나" 이 한마디가 듣고 싶었을 뿐이다.

나조차 나를 알 수 없기 때문에 전문가가 내게 "다들 그렇게 사니 당신도 정상입니다"라고 말하면 '아, 나는 정상이구나' 하면서 살았을 것이다. "남들보다 더 예민하고 우울감을 느끼네요"라고 말하면 '내가 좀 그렇구나' 했을 것이다. 그치만 ADHD는 다른 문제였다.

나는 아이를 키우고 책임져야 하는 엄마다. 회사에서는 팀을 이끌어가는 자리에 앉아 있다. 그런 내가 충동적이고 감정적이고 산만하다면, 그리고 그것이 잠깐의 컨디션 난조가 아닌 장애 때문이라면 모두가 내게 신뢰를 거두지 않을까 두려움이 앞섰다. 차라리 모르고 살았으면 마음이라도 편하지 않았을까. 애초에 여기를 오는 게 아니었다.

심리평가보고서

성　　명 정은이(여)

연　　령 32세

직　　업 회사원

학　　력 대학원졸

결혼 상태 기혼

평가 일자 2015년 11월 21일

1. 검사 사유

환자는 3년 전 육아 휴직을 마치고 복직한 이후, 늘 긴장된 상태로 잠을 못 자다가 올해 초부터 본원에서 약물 치료를 받으면서 증상이 완화됐다고 함. 그러나 한 달 전, 새로운 팀으로 옮기면서 다시 심하게 긴장하고 잠을 이루지 못하고 있어 환자의 문제를 심층적으로 이해하고 치료에 참고하고자 성격 평가를 실시했음.

2. 행동 관찰

큰 키에 이목구비가 뚜렷하고 예쁘장한 외모의 여성으로, 전반적으로 나이에 비해 외모, 말투, 행동이 다소 어린 분위기임. 쑥스러운 듯 자주 소리 내어 웃으며 검사에 임했고, 손을 가만두지 못하고 제지해도 자꾸 먼저 도구에 손을 대며 조급하고 충동적인 면이 있었음. 전반적으로 행동이 차분하지 않고 덜렁대는 편이었음. 면담 시에는 눈물을 글썽이며 이야기하는 모습을 보였음.

3. 평가 결과

1) BGT◆

형태적 정확성은 양호한 편으로 뇌기능장애의 가능성은 시사되지 않음. 그러나 자극을 용지의 한 면에 미처 다 그리지 못하고 자극의 크기도 점차 커지는 양상을 보임. 계획능력이 부족하며 조급하고 충동적인 측면이 있어 보이고 시각적 단기 기억 능력도 저조했음.

2) 지각 및 사고

로샤 검사◆◆ 결과, 총 30개의 비교적 많은 반응을 한 바, 기본적인 의욕 및 활력 수준이 높아 보임. 그러나 짧지 않은 반응 시간 동안 자극의 윗부분 일부나 옆 라인 정도만 살펴보는 식으로 감각적으로 무디고 정보 처리 속도가 느린 편인 바, 실제 근본적인 주의력 문제가 있었을 것으로

◆ 벤더 게슈탈트 검사(Bender Gestalt Test) : 9개의 단순 도형을 모사하는 방식으로 시각적 구성 능력을 평가해 지능이나 성격의 장애를 분석하기 위한 검사이다.

◆◆ 로르샤흐 잉크 반점 검사(Rorschach Inkblot Test) : 데칼코마니 기법으로 만든 그림을 보여주고 떠오르는 생각을 물으며 피험자의 성격을 분석하기 위한 검사이다.

생각됨. 그림 검사 시 그렸다 지우길 반복하고 비율이나 구조가 대체적으로 많이 맞지 않는 양상이 나타난 바, 성격이 매우 급하고 전체적인 분위기나 인과 관계를 고려하지 않는 피상적인 해결에 급급한 것으로 보임. 이는 자아가 체계화, 조직화돼 있지 못하기 때문으로, 보유한 능력에 비해 효율성은 저조하겠음.

3) 정서, 성격 및 대인 관계

MMPI* 결과, 우울, 긴장, 불안, 피해 의식 등을 상당 수준으로 호소하고 있음. 심리적인 문제를 신체적인 증상으로 표출함으로써 문제를 자신의 밖으로 국한시키려는 특성이 강하며 다양한 신체적인 증상을 호소함.

한편 투사적 검사** 결과, 정서적인 문제보다는 환자가 현

---

* 미네소타 다면적 인성 검사(Minnesota Multiphasic Personality Inventory) : 550여 개의 질문으로 구성돼 있으며 개인의 자아강도, 의존성, 지배성, 공격성 등의 성격 특성과 태도를 측정할 수 있는 검사이다.

** 투사적 검사 : 모호한 자극에 대한 반응을 통해 피험자의 성격이나 심리적 특성을 파악할 수 있는 검사로, 벤더 게슈탈트 검사, 로르샤흐 잉크 반점 검사 등이 있다.

재 외적으로 기능하는 수준에 비해 매우 산만하고 부주의하며 체계화, 조직화, 계획화 능력이 부족한 것이 특징으로 나타났음. 이에 대한 보완으로 강박적인 특성이 매우 강한바, 매사에 실수하지 않기 위해 조심하고 미리 계획하고 신경 쓰느라 긴장도가 높은 것으로 보임.

따라서 하던 일이나 환경이 바뀌고 결혼, 육아 등으로 인한 중요한 과제가 추가될 때마다 익숙해지기까지 시간이 많이 걸리지만, 이를 스스로 인정하지 못하고 외형적인 완벽에 집착하면서 상당히 오랫동안 극심한 긴장 상태를 유지하는 것으로 보임.

환자는 집안의 원치 않는 딸로 태어나 열악한 환경에서 자라면서 생존하기 위해 늘 긴장하며 지내온 것으로 보임. 환경적으로 늘 위기가 있었던 만큼 자기중심적, 자기애적인 특성이 강해진 것으로 보이고, 타인에 대해서도 자신을 시기하고 목표 달성을 방해하는 부정적인 존재로 인식해온 것으로 보임.

그러나 이러한 특성의 상당 부분은 열악한 성장 환경과 환자 개인의 주의력 문제로 인한 비효율성을 극복하고 생존하기 위한 정당성이 있었음에도, 이를 스스로 수용하지 못하고 부정적으로 평가해 자기를 신뢰하지 못하고 강박적인 집착과 불안을 유발하고 있음.

또한 이러한 부정적인 자기 평가는 어머니나 타인에게 투사돼 사회적 상황에서 더욱 눈치 보고 긴장하며 의존 욕구의 좌절감도 큰 것으로 여겨짐. 지속적인 치료적 개입을 통해 자신에게 집중하고 자아의 기능이 보다 조직적, 체계적으로 발휘될 수 있도록 도와야겠음.

4. 요약

감정, 성격, 대인 관계 : 무관심, 강박적, 경직적, 긴장감, 걱정, 미숙함, 괴로움, 방어적, 즉흥적, 충동적, 수동적, 억압적인 분노, 감정 교류가 힘듦.

5. 진단

강박적 장애가 있는 조용한 ADHD

감정의 롤러코스터

• 열 명이 모이면 그중에는 꼭 한두 명씩 나와 맞지 않거나 호감이 가지 않는 사람이 있다. 불행히도 최근 우리 팀에 들어온 후배 A가 딱 그랬다. 모두가 정신 없이 일에 몰두해 고요한 사무실. 적막을 깨고 전화벨이 우렁차게 울렸다. A의 바로 옆 자리에 걸려

온 전화라 당연히 당겨받겠지 생각했는데 그에게만 이 소리가 들리지 않는 건지 자기 일에만 집중하는 게 아닌가. 결국 가장 멀리 떨어진 자리에 앉은 막내 사원 L이 총총걸음으로 걸어와 전화를 받았다. 사실 누가 전화를 받든 아무 상관없다는 걸 알면서도 그날따라 A가 눈엣가시였다. 결국 참지 못하고 그에게 버럭 소리를 질렀다.

"A 씨 몇 년 차야? 옆 사람이 자리 비웠을 때 전화가 두 번 이상 울리면 받아야지. 이런 것까지 하나하나 알려줘야 돼? L 씨도 똑같이 행정직 시험 보고 들어왔어. 전화 받으려고 입사한 직원 아니라고. L 씨가 뛰어와서 받을 정도로 지금 그렇게 바빠? 내가 지금 A 씨 뭐 하는지 다 아는데 그 정도는 아니잖아."

"죄송합니다. 제가 집중하면 전화 소리가 안 들려서요."

얼굴이 벌겋게 달아오른 A는 잔뜩 굳은 채 모니터만 응시했다. 우리 회사에는 마음씨 좋은 사람들만 모인 건지 부하 직원에게 대놓고 쓴소리하는 사람이 별로 없다. (물론 없는 자리에서는 잘하지만.) 그들과 달리 당사자 앞에서 하고 싶은 말을 몽땅 쏟아낸 나는 속이 한결 가벼워져 다시 업

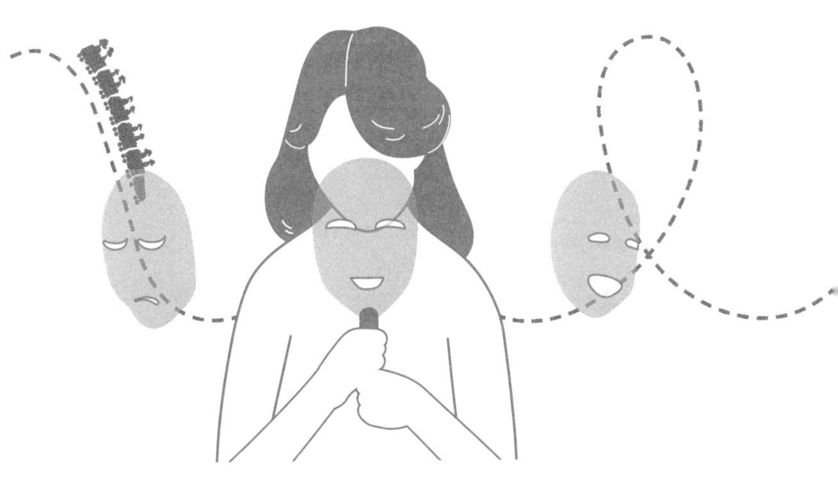

무에 집중할 수 있었고, 한두 시간이 지나서는 그런 일이 있었다는 것조차 까맣게 잊어버렸다.

"꼭 그렇게 사람들 많은 데서 면박을 줬어야 해? 너무 감정적이었던 거 아니야?"

"응? 내가? 아 맞다. 아까 그런 일이 있었지."

"그렇게 화를 내더니 금세 잊어버린 거야?"

화장실에서 만난 입사 동기가 어이없다는 듯 내게 말했다. 같은 층에 있는 모든 직원이 다 들을 만큼 내가 큰 소리로 화를 냈다고 한다. 해야 할 말을 할 때에는 용기가 필요하지만 그보다 더 큰 지혜가 따라야 하고, 굳이 하지 않아도 될 말은 하지 않는 현명함도 갖춰야 하는 법이다. 그러나 그 어떤 것도 갖추지 못한 채 정제되지 않은 감정을 표출해버린 나는 감정 처리에 미숙하다는 걸 몸소 증명한 셈이었다. 굳이 그런 모습을 직원들에게 보여야 했을까. 하루에도 열두 번씩 롤러코스터급 감정 기복을 타며 나 스스로에게도, 주변 사람들에게도 마음의 생채기를 내고 있다.

글씨 쓰는 손이 오른손

나는 아직도 왼쪽과 오른쪽이 헷갈린다. '어느 쪽이 오른쪽이지? → 어느 손으로 글씨 쓰는 게 편하지? → 아, 이쪽이 오른쪽이구나!' 사고 회로를 거쳐야만 답을 도출할 수 있다. 이게 평소에는 별일 아니다가도 택시만 타면 문제가 된다. 갈림길이 나오면

기사님께 얼른 "여기서 우회전이요"라고 말해야 하는데 매번 뒤차의 경적 소리를 듣고 나서야 그 말이 입에서 튀어나온다.

운도 없는 건지, 대충 찍어서 말하면 항상 틀린다. 확률상 50 대 50이라 어쩌다 한 번은 맞을 법도 한데 매번 반대 방향을 찍고 있다. 그 탓에 "좌회전, 우회전 같은 기본도 모르냐"고 혼난 게 한두 번이 아니다. 이 나이 먹고 이런 이유로 혼나는 게 부끄럽기도 하지만 도로에서는 1초도 지체하면 안 되니 애써 웃어넘기려 한다. 무엇보다 그런 기본도 모르는 애가 맞기도 하고…….

그래서 이제는 차라리 내가 조금 더 걷자는 생각으로 목적지 근처에서 내린다. 핸드폰에 지도 어플을 켜놓고도 한참을 헤매고 헤매다 목적지에 도착하면 이미 약속 시간은 지나 있다. 택시 기사님께 미안할 일이 줄어든 대신 나를 기다려준 사람들에게 사과하는 일이 늘었다.

더 큰 문제는 늘 가던 곳도 매번 처음 온 사람처럼 헷갈린다는 것이다. 회사 동료들과 족히 네다섯 번은 갔던 쭈꾸미 맛집에 남편을 데려가고 싶었다. 하지만 동료들 뒤만 따

라가봤지, 한 번도 앞장섰던 적이 없어 또 길바닥에서 여기인지 저기인지 헤맬 게 분명했다.

"빨간색 간판이야. 어디 있을까? 낯선 도시에 여행 온 기분으로 찾으면 돼!"

내 입으로 말하고도 민망했지만, 나와 달리 길눈이 밝은 남편은 금방 "여기 아냐?" 하며 손으로 가리켰다. 나로서는 굉장히 이질적인 광경이지만 당황한 기색을 감추기 위해 마치 정답을 알고 있었다는 듯 남편을 칭찬했다.

"짝짝짝, 잘 찾았어요!"

하지 말라는 것만
골라서 한다

하지 말라고 하면 더 하고 싶어지는 게 사람 마음이라지만 웬만하면 정말 하지 않는 게 좋을 때가 많다. 특히 공공장소에서는 더더욱. 결혼 전 남편과 데이트를 하러 용산에 갔을 때였다. 예쁘게 보이고 싶어 미니스커트에 하이힐까지 한껏 꾸미고 갔다. 재미나게 영화를 보고 지하철을 타고 돌아가는 길, 1호선 시청역에서 환승해 이대역을 가야 했다.

자리에 앉아 신나게 수다를 떨고 있는데 정차한 역에서 출입문 너머 '시청역'이라는 글자가 보이는 게 아닌가. "출입문이 닫힙니다" 안내 방송과 동시에 나는 "시청역이다!"라고 외쳤고 재빠른 남편은 혼자 지하철을 빠져나갔다. 나는 아직 못 내렸는데! 당장 내려야 한다는 생각에 닫히는 자동문 사이로 가방을 먼저 내밀었지만 어쩌할 틈도 없이 문이 꽉 닫혀버렸다. 그러고는 마치 한번 당해보라는 듯 지하철은 그대로 출발했다.

연인과 생이별을 하고 혼자 남은 지하철 안에서 어떻게든 가방을 빼내겠다고 용을 썼다. 지하철이 이기나 내가 이기나, 힘차게 줄다리기를 했다. 그런 나를 향한 웃음소리가 사방에서 들려왔지만 문이 열리는 순간 뛰어나가면 아무도 나를 기억하지 못할 테니 무시하면 그만이었다.

다음 역이 서서히 다가오면서 문이 어서 열리기만을 기다리고 있는데…… 반대 방향에서 문이 싹 열렸다. "어머!" 내가 너무 깜짝 놀라자 같은 칸에 있었던 사람들이 배꼽을 잡고 웃기 시작했다. 그때 구경하던 한 아주머니가 무심히 말했다.

"어쩔 거여. 그쪽 문 열리려면 청량리까지 가야 되는데."

청, 청량리요? 무려 여덟 정거장을 이 상태로 더 가야 한다니. 차라리 가방을 버리고 열린 문으로 튀어야 하는 걸까. 나는 주변의 시선과 내 상황에 압도돼 패닉 상태에 빠져버렸다. 그때 신의 음성이 들렸다. 누군가 "저 버튼을 누르세요!"라고 소리쳤다. 혹시 모를 긴급 상황을 대비해서 지하철 모든 칸에는 '긴급 버튼'이 마련돼 있었다. 역시 하늘이 무너져도 솟아날 구멍은 있는 법이다.

'쪽팔려 죽을 것 같으니 제발 살려주세요!' 다급한 버튼 소리에 기관사 아저씨는 출발하지 않고 내가 있는 칸으로 와서 수동으로 문을 열어줬다. 출발 시간이 지연됐음에도 같은 칸에 있던 사람들은 가방이 구출되는 순간 함께 박수를 쳐줬고 나는 90도로 허리를 숙여 감사와 사죄의 인사를 전했다. 그러고 보니 여기가 시청역이었다.

그러니까 나는 서울역에서 화살표로 다음 역이 '시청역'이라고 써진 글자를 보고 "시청역이다!"라고 소리쳤고, 남편은 내 말만 듣고 서울역에서 내렸고, 나는 가방이 문에 콕 처박히는 신세가 된 것이다. 조급함이 앞서 화를 불렀다. 출입문이 닫힐 땐 그냥 닫히게 둬야 하는 것을…….

가장 기본적인 경고를 무시해 모두에게 민폐를 끼친 나는 얼굴에 불이 날 지경이었지만, 지금 이 순간 나보다 더 황당할 사람, 서울역에 있는 남편에게 전화를 걸었다.

"미안한데…… 한 정거장만 더 와줄래?"

슈퍼우먼이 되고 싶었다

요즘엔 이사를 해도 집들이 하는 사람들이 많지 않다. 특히 손수 음식을 대접하는 경우는 더더욱 드물다. 초대를 하더라도 밖에서 식사를 하고 집에서는 2차로 간단히 술에 안주를 곁들이거나 배달 음식을 시켜 먹곤 한다. 그런데 여기, 그 누구도 먼저 요구하지 않았지만 직접 사람들을 초대하고 식사를 대접한 사람이 있다. 바로 나다.

이사한 지 2주도 안 돼 집들이를 네 건이나 잡았다. 원래 이삿짐을 정리하는 데만 한 달이 걸리는데 그 기간을 혁명적으로 단축하기 위해 2주 동안 매일 새벽까지 바쁘게 움직였다. 집 정리를 모두 끝낸 후, 우리 부부의 각 회사 사람들과 지인들, 딸 친구들의 엄마들을 차례로 초대했다.

고기를 먹을 때도 마찬가지지만, 집들이에서는 음식이 도중에 끊기면 안 된다. 순서대로 음식이 착착 나와야 주는 사람도 먹는 사람도 모두가 만족할 수 있다. 첫 집들이를 앞두고 머릿속으로 백 번도 넘게 시뮬레이션을 해봤지만, 막상 현실이 되자 눈앞이 캄캄해졌다. 요리에 소질도 없으면서 일만 벌이다니 그저 막막했다.

엎친 데 덮친 격으로 손님들이 올 시간이 다 돼 상을 차리려고 보니 수저와 술잔이 부족한 게 아닌가. 자전거 페달을 죽어라 밟아 집 근처 마트로 향했다. 그러고 집에 돌아오는 길에 심하게 넘어져 무릎이며 팔이며 피가 날 정도로 상처가 났다. 이렇게 잘하지도 못하고 잘하더라도 성가시고

힘든 일을 나는 왜 하겠다고 나섰을까.

가정, 직장, 육아 이 트라이앵글 속에서 당당하게 우뚝 선 슈퍼우먼이 되고 싶었다. 아니, 그런 척이라도 하고 싶었다. 집들이를 다녀간 사람들은 모두 내게 대단하다며 엄지손가락을 치켜세웠지만 생각만큼 기쁘지는 않았다. 슈퍼우먼인 척했지만 망토만 겨우 걸친 느낌이랄까.

손님들이 돌아가고 나면 실수하거나 부족했던 건 없는지, 요리가 맛없어 나를 형편없는 주부로 보진 않을지, 나는 왜 굳이 사서 고생을 하는 건지……. 하지 않아도 될 고민을 끌어안느라 두통까지 앓았다. 그렇게 불안감에 시달리며 한숨으로 가득 찬 새벽을 보내야 했다.

다시 병원을 찾았다

• 집들이 후 심각한 불안 증세에 시달리다 결국 다시 병원을 찾게 됐다. 요리도 못하고 집이 엉망이라고 사람들이 흉보지 않을까 너무 걱정된다며 의사 선생님 앞에서 서글프게 울어댔다.

"지금 요리가 서툴고 집 정리가 안 된 게 문제가 아니라 집들이를 연달아 잡은 것부터 문제예요. 30년 차 전업주부도 소화하기 힘든 스케줄인데다 요즘 그렇게 하는 사람도 많지 않아요. 근데 그걸 첫 시도만에 잘 해내려고 한 것부터 과욕이었어요."

선생님은 내가 놓치고 있는 부분을 지적하며, 컴퓨터로 집중력 검사를 다시 해보자고 했다. 심리 상담으로 ADHD 진단을 받기는 했지만 컴퓨터로 검사를 해야만 ADHD 치료제를 처방받을 수 있다고 한다. 검사를 하는 동안 생각과 다르게 손이 먼저 나가 아무 답이나 클릭하거나 문제의 속도를 따라가지 못했다. 결과는 보지 않아도 알 수 있었다. 의사 선생님은 상황이 나아지지 않고 반복되고 있으니 '집중력 결핍 치료제'를 먹고 꾸준한 상담을 받으라고 권유했다.

나의 경우 정신과 의사가 진단 후 먼저 약을 권했지만, 전문의들은 환자가 약에 의지하는 것 때문에 고민이 많다고 한다. 고혈압 약처럼 장기적으로 먹어야 하고 쉽게 중단하기가 어려우니 환자 스스로도 책임감을 갖고 접근해야 한다는 것이다.

무거운 마음을 안고 진료실에서 나와 수납을 하면서 상담비가 얼마나 되는지 물어보니 한 시간에 99,000원인데 한 달치를 선결제해야 해서 396,000원을 한꺼번에 내야 한단다. 한 달에 고작 네 시간 하는데 40만 원에 달하는 돈을 내야 한다니, 나를 위해서 이렇게 큰돈을 써본 적이 있었나. 선뜻 결정할 수 없어 상담을 보류하고 돌아섰다.

다짐했다

무너졌다

• 회사에서 제법 규모 있는 프로젝트를 단독으로 맡게 됐다. 법인 세 곳과 조합 다섯 곳이 함께 투자하고 사후 관리까지 함께하는 매칭 사업이었다. 이를 위해 몇 날 며칠을 고심해서 우리 회사를 포함한 총 아홉 곳의 업체 대표자가 서명하는 합의문을 완성

했다. 협약식이 목요일이니 월요일 퇴근 직전 팀장님께 결재를 올린 후 화요일은 그간 고생한 나를 위해 하루 휴가를 냈다. 그리고 돌아온 수요일.

"나 정말 은이 씨랑 일하기 너무 힘들다. 아니 결재만 올리면 끝인 줄 알아? 결재 올리자마자 휴가를 내면 어쩌자는 거야? 내일이 협약식인데 업체별로 의견 다 듣고 하루 만에 준비 끝낼 수 있겠어? 잡음 나오지 않도록 해. 문제 생기면 은이 씨가 다 책임져."

팀장님은 내가 결재만 올려놓고 휴가를 내자 무책임하다며 한마디 하셨다. 나는 월요일에 협약문을 이미 해당 업체들에 보냈고, 이견이 있으면 협약식 전날인 수요일에 고치면 된다고 생각했다. 끝날 때까지 끝난 게 아닌데 그새를 못 참고 쉴 생각을 한 것이다. 종로에서 뺨 맞고 한강에서 눈 흘긴다고, 그날 회식으로 늦게 들어온 남편에게 괜한 화를 내버렸다.

"회식이면 말을 했어야지!"

남편은 한숨을 쉬며 말했다.

"내가 오늘 회식이라고 아침에 말했잖아. 은이는 사람 말을 듣지를 않아."

상황을 근시안적으로 판단하는 것도, 주변 사람의 말을 귀 기울여 듣지 않는 것도 모두 내 잘못이지만 마음 한구석이 씁쓸해지는 건 어쩔 수 없었다. 매번 '그러지 말아야지' 다짐했다가 또다시 무너지는 과정의 연속이었다. 하지만 한두 번도 아니고 같은 지적을 여러 번 들었다면, 그 때는 비싼 값을 치르더라도 나를 되돌아봐야 했다.

습관이 대물림되지 않도록

• 불교에서는 주어진 환경이나 유전적 영향으로 태초에 형성된 습관을 '카르마karma'라고 한다. 법륜 스님은 카르마가 소멸되려면 사람이 죽었다가 다시 태어나거나, 전기 충격기로 살을 지지는 정도의 강한 충격이 있어야만 한다고 말하셨다. 그만큼 습관은 고치

거나 버리기 힘들다는 뜻이다.

처음 ADHD 판정을 받았을 때 가장 먼저 아이가 떠올랐다. 그동안 내가 아이 앞에서 어떤 행동들을 보여왔는지 돌이켜봤다. 아이가 잠깐이라도 산만하게 굴면 '혹시?' 하는 생각부터 들었다. 선생님이 내준 숙제를 한 귀로 듣고 한 귀로 흘릴까봐, 수업이 재미없다며 가만히 앉아 있는 것조차 힘들어할까봐, 아이가 나처럼 자랄까봐 두려웠다. 시가에는 뭐라고 말해야 할지, 아이의 미래를 내가 지켜줄 수 있을지, 아이가 나를 원망하면 어쩌지, 하는 생각들이 꼬리에 꼬리를 물며 불길한 상상으로 번졌다. 하지만 이 순간에도 엄마의 약한 마음을 잡아준 건 아이였다.

"딸이 세상을 밝고 아름답게 바라봤으면 좋겠어. 그래야 유쾌하게 자신의 영화를 끝낼 수 있으니까."

"그럼 내 영화는 엄마에 따라 달라지겠다. 엄마가 슬프면 나도 슬프고, 엄마가 행복하면 나도 행복하거든."

사람들은 세상이라는 무대 위에서 서로 전혀 다른 영화를 찍어간다. 세상에 겁을 잔뜩 먹은 사람은 인생이 공포영화처럼 무섭게 느껴질 테고, 꿈꾸고 도전하는 사람은 세상을 배경으로 멋진 모험 영화를 찍고 있을 것이다.

세상을 담는 카메라는 태어난 배경, 유년 시절의 경험, 지금 느끼는 삶의 무게로 결정되지 않을까. 여기에 가치관과 고정 관념이라는 망원 렌즈가 부착되면 각자 집중하는 부분만 확대해서 세상을 바라보게 될 것이다. 그래서 지구는 하나지만 만 명의 사람이 바라보는 세상은 만 가지이다.

아이의 말대로라면 엄마가 봐왔던 카메라로 아이는 세상을 바라보게 될 것이다. 그러니 아이가 세상을 밝고 아름답게 바라보길 원한다면 나부터 유쾌하게 살아야 한다. 자신과의 관계가 좋은 사람이 세상과도 건강한 관계를 맺을 수 있는 법이다. 육아育兒를 하면서 아이兒뿐만 아니라 나我도 성장한다면 더 할 나위 없이 좋겠다. 이제는 정말로 상담을 받아야겠다.

어차피

삶은 고통의 연속이다

• 처음 심리 검사 후 본격적인 상담 치료를 받기까지 꼬박 14개월이 걸렸다. 스스로 ADHD라는 걸 받아들이는 데 짧지 않은 시간이 걸린 셈이다. 양파처럼 한 겹, 한 겹 벗겨가며 속살이 들어날 때까지 천천히 나를 지켜보고 인식할 시간이 필요했다.

처음엔 애써 무시하려고 했다. 아무 일 없었다는 듯 남편에게도, 친정 엄마에게도 말하지 않은 채 일상을 이어 갔다. 아픔을 느낄 틈도 없이 바쁘게 시간을 보냈다. 그러다보면 정말 없었던 일처럼 새까맣게 잊고 평소처럼 살아지기도 했고, 문득 떠올라 머릿속이 복잡해질 때도 있었다.

당시 다섯 살이었던 딸은 엄마의 행동을 유심히 보고 곧잘 따라했다. 내가 신호를 기다리며 팔짱을 끼는 모습, 책을 읽으면서 한 손으로 펜을 굴리는 모습, 핸드폰을 보며 손가락을 까닥이는 모습들을 아이는 그저 엄마가 예쁘다며 그대로 따라했다. 그때마다 마음 한구석이 찔렸다. 나도 모르게 나오는 버릇들이었다. 한번은 친구와 약속을 잡는데 친구가 내게 말했다.

"무턱대고 된다고 하지 말고 일정부터 확인해. 넌 매번 약속 날짜 다 돼서는 선약 있었다고 안 된다고 하더라."

별 생각 없이 아무 때나 다 된다고 말했다가 나중에 보면 이중으로 약속이 잡혀 있어 곤란했던 적이 몇 번 있었다. 이외에도 회사에서 함께 일했던 선배들의 말을 종합해보면 대충 이랬다. 다 좋은데 디테일이 떨어진다, 네 말은 한참 생각해야 이해가 된다. 책상을 몇 시간 동안 정리하지만 달라진 게 없다. 일단 자리로 돌아가서 생각 정리하고 다시 와라……. 어렸을 때부터 늘 들어왔던 말이기에 그냥 내 성격이 그러려니 했다. 하지만 병원에서는 이것을 '성인 ADHD'라고 불렀다. 더 이상 그러려니 넘어갈 수 있는 문제가 아니었다.

그때 가장 위로가 됐던 것은 "어차피 삶은 고통의 연속"이라는 아르투어 쇼펜하우어Arthur Schopenhauer의 말이었다. 행복하지 않은 내 삶이 잘못된 것은 아니다. 내게 찾아온 불행이 내 잘못은 더더욱 아니었다. 무엇보다 이 세상에 나 혼자만의 고통이란 것은 없다. 내가 겪은 문제는 이미 많은 사람들이 과거에도 겪었고 지금도 겪고 있고 미래에도 겪을 일이다. 나의 고통을 과소평가하는 게 아니라 나만의 특별한 고통이라고 생각하고 싶지 않았다.

장애는 얻을 때가 아니라 그걸 받아들이지 못하고 거부할 때 상태가 더 악화된다고 한다. 스스로가 화려한 장미인 줄 알았는데 그저 길가에 핀 풀처럼 별것 아닌 게 된 듯했다. 그런데 또 그러면 어떤가. 길가에 핀 풀처럼 다른 사람이 보든 말든 신경 쓰지 않고 살아내면 되는 것을. 내가 화려한 장미인 줄 알았을 때는 뭔가를 보여줘야 한다는 압박과 그 결과로 돌아오는 무력감 때문에 늘 불안하고 힘들었다. 어차피 내가 잘못을 해서 얻은 장애도 아니고 내가 통제할 수 있었던 것도 아니다. 치료제가 있고 나를 도와줄 전문가가 있으니 이제는 어떤 평가나 거창한 기대에서 벗어나 자유롭게 살아가고 싶다. 시간이 지날수록 장애를 마주할 용기가 생겨난다.

상담이
시작됐다

2017년 4월, 상담이 시작됐다. 퇴근 후에는 아이를 데리러 가야 하고, 업무 중에는 한 시간씩 자리를 비우기가 어려워 결국 매주 수요일 낮 12시로 예약을 잡았다. 상담 시간은 50분이었기 때문에 상담 날이면 점심을 안 먹거나 대충 삼각 김밥으로 끼니를 때워야 했다. 오랜 기간 망설였음에도 불구하고, 평소 약속을 자주 까먹는 탓에 오늘이 수요일인지 까맣게 잊거나 아무 생각 없이 팀원들이랑 점심을 먹으러 가 상담을 놓치는 경우도 더러 있었다.

상담사는 남자 분이였는데 목소리가 굵고 눈빛이 깊고 뚜렷했다. 영화 〈반지의 제왕〉의 프로도 역을 했던 일라이저 우드가 떠올랐다. 그만큼 여유 있고 편안한 인상으로 나를 맞아줬다.

"저도 ADHD 환자에요."

상담사의 뜬금없는 고백에 당황스러웠다. 나를 위로하려는 말인 건지 환자와 공감대를 형성하기 위해 그런 건지는 모르겠으나 겉으로는 전혀 그렇게 보이지 않아 '모든 환자에게 저렇게 말하는 게 아닐까?' 의심이 살짝 들기도 했다. 하지만 이 고백 이후 상담이 진행되는 동안 ADHD에 관한 이야기는 거의 나오지 않았다. 생활하면서 어려운 점, 그날그날의 고민이 상담 주제가 됐다. 상담의 골자는 누군가의 엄마가 아닌 정은이, 나 자신에 대한 관찰과 이해였다. 내가 힘든 점을 말하면 상담사는 내가 얼마나 세상을 좁게 바라보는지, 그래서 얼마나 많이 흔들리는지 짚어줬다. 나의 경직된 사고를 넓혀주거나 시각을 좀 더 멀리 내다볼 수 있도록 유도해갔다.

상담은 꽤 흥미로웠지만 가는 길은 매번 곤욕스러웠다. 시간을 쪼개 상담을 받아야 하는 탓에 회사 근처에 있는 병원을 택했더니 가는 길에 회사 사람들을 마주치진 않을까 미어캣처럼 주변을 살피며 다녀야 했다. 나중에 같은 병원을 다니는 지인에게 나와 비슷한 생각을 한 적 있는지 물어봤다.

"아니, 나는 회사 사람들을 좀 만나봤으면 좋겠어. 그러면 나를 덜 괴롭히지 않을까?"

그는 사람들이 정신과에 다니는 자신을 동정해주기를 바랐지만 나는 나를 두고 정신병자라고 수군거릴까봐 두려웠던 거다. 심리평가보고서를 읽고 충격 받은 이야기를 하니 웃음이 나왔다.

"완전히 나를 사회 부적응자로 만들어놨더라고."

"심리 검사는 원래 그래. 나는 내일 자살할 사람처럼 써놨더라."

심리평가보고서는 이렇게까지 적을 필요가 있나 싶을 정도로 잔인했다. 읽고 기분이 나쁘기도 했는데 지금 당장 저 보고서를 받아들이기에는 나도 아직 나를 잘 모른다. 조금만 더 스스로를 돌아볼 시간이 필요했다.

내 인생은 해피엔딩일 줄 알았다

• 대학교 4학년 2학기 가을에 첫 직장을 잡았다. 공기업 계약직이었고 인천 공항 지점으로 출퇴근을 했다. 매일 비행기가 오가는 인천 공항이 내 직장이라니, 어쩐지 내 인생이 잘 풀리는 것만 같았다. 주 업무는 VIP를 의전하거나 투자자 중에 입국이 불허되는

경우 출입국 사무소와 협의해 입국할 수 있도록 지원하는 일이었다. 스물세 살 사회초년생에게는 다양한 나라의 외국인을 상대하는 모든 일이 재밌고 설레기만 했다.

그러다 비슷한 시기에 입사한 정규직원들과 일주일 동안 교육을 받게 됐다. 엄청난 경쟁률을 뚫고 공채로 입사한 실력자들. 그들의 얼굴은 자신감으로 가득 차 있었고, 거기서 뿜어져 나오는 소속감과 자부심은 계약직인 나의 것과는 차원이 달랐다.

"우리 팀에 정규직은 나랑 과장님, 팀장님밖에 없어. 나머지는 다 계약직이야. 계약직 아줌마가 있는데 왜 나한테 복사 심부름을 시키니. 진짜 짜증나!"

그들은 그 자리에 비정규직원인 내가 있다는 사실을 알면서도 일부러 그런 말을 한 게 아니었다. 애초에 나는 그들의 안중에도 없었다. 자신과는 같은 계단에 서 있지 않은, 그래서 존재 자체가 고려 대상이 되지 않는 존재가 나였다. 그 무신경함에 더 화가 났다.

그들에게 뭐라 말할 용기도 없고 내가 선택한 길인데도 투명인간 취급을 당한다는 열등감에 사로잡혀 있었다. 지

질해 보이는 내가 싫었다. 좋은 회사에 다닌다며 나를 우러러 보는 사람들에게 "계약직이에요"라고 덧붙여야 하나 고민하는 그 애매모호함도 짜증났다.

계약 기간 만료일이 다가오자 인사팀에서 무기 계약직으로 전환시켜주겠다는 메일이 왔다. 직장 선배는 내 미래인데, 계약직 10년 차가 정규직 신입에게 어떤 대우를 받는지 충분히 봐왔기에 어린 나이에 좋은 경험 쌓았다 생각하고 그곳을 떠났다.

그리고 더 넓은 세상을 배우기 위해 국제 대학원에 입학했다. 국제 대학원은 유학생들이 한국에서 학벌이나 인맥을 쌓기 위해 들어오는 경우가 많았다. 어학 연수 경험도 없는 내가 유학생들과 경쟁하는 것은 대학생과 초등학생이 한 교실에서 수업을 듣는 것과 다를 게 없었다.

수업은 교수와 학생이 자유롭게 의견을 공유하면서 서로가 서로를 발전시켜 나가는 식이었다. 나 역시 의견을 내고 싶었지만 다른 학생들의 영어 실력을 따라가지 못했다. 교수님 눈에는 조용한 학생으로 보였겠지만 사실은 본의 아니게 다시 투명인간이 됐을 뿐이었다.

내가 믿을 건 시간밖에 없었다. 세상은 불공평하지만 시간은 누구에게나 공평한 법이니까. 유학생들이 쉬는 주말에도 학교에 나와 공부하며 수업시간에 조금씩 발언 기회를 늘려갔다. 4학기가 됐을 땐 대학원장의 추천으로 FTA 관련 논문을 써 한국무역협회에서 주관하는 논문 대회에서 1위를 거머쥐었다. 학교를 빛낸 업적 덕분에 당시 우리 학교에 방문한 힐러리 클린턴과 직접 만나 이야기를 나누기도 했다. 만족스럽게 공부를 마친 후에는 원하던 공기업에 들어갔고, 사랑하는 사람과 웨딩마치도 울리게 됐다. 이제는 다시 투명인간이 되지 않으리라.

그런데 아이를 낳고 키우면서 그때 느낀 고립감과 불안감이 되살아났다. 내 인생은 해피엔딩일 줄 알았는데, 해피는커녕 엔딩도 없었다. 끝이 보이지 않는 우울을 벗어나기 위해 나는 병원에 와 있다.

언제
가장 행복하세요?

• 자기 인식의 첫 단계는 자신의 감정을 정확히 아는 것이라고 한다. 내가 어떤 상황에서 행복을 느끼고 반대로 불안해하는지 자신의 감정을 읽을 수 있어야 한다. 상담 초기에 나는 나의 감정을 이해하지 못했다. 어떨 때 가장 불안하냐는 상담사의 물음에

보통 낮에는 괜찮다가 밤에 불안해지는데 남편이 술을 먹고 집에 들어오지 않을까봐 걱정되고, 살림도 재미없고, 육아가 짐처럼 느껴질 때가 있다고 답했다. 사실 일반적인 엄마의 고충만 말한 거지 특별히 내가 불안한 이유는 아니었다. 다른 사람에게 내 감정을 말로 설명하기가 어려웠다.

"그럼 언제 가장 행복하세요?"

음…… 아까보다 더 어려운 질문이었다. 한참을 고민해도 답을 할 수가 없었다. 내가 언제 가장 행복한지조차 모르다니. 그동안 얼마나 내 마음을 돌보지 않고 살아왔다는 말인가. 적당한 답이 떠오르지 않아 민망하게 웃으며 다음 주에 답하겠다고 말했다.

아버지는 종갓집의 큰 아들로 태어났다. 언니에 이어 또 딸인 내가 태어나자 엄마는 아들을 낳지 못한 것에 대한 콤플렉스가 심했다. 할아버지의 재산이 작은 집으로 넘어가고 집안의 모든 대소사를 결정할 때 작은 엄마의 목소리가 커질 것을 우려했다. 엄마는 시가 어른들의 작은 한숨, 의미 없는 눈빛도 예민하게 받아들이며 힘들어했다.

열세 살 터울의 남동생이 태어날 때까지 나는 그런 엄마를 위해 열 아들 부럽지 않은 딸이 돼야 했다. 공부도 열심히 하고 누가 시키지 않아도 집안일을 도우며 엄마의 기쁨이 되길 자처했다. 아들을 낳고 기세가 등등해진 작은 엄마 앞에서 우리 엄마가 자부심을 갖기를 바랐다.

엄마의 바람은 순탄하게 이뤄지는 듯했지만 문제는 내가 태생이 착한 아이가 아니라는 데 있었다. 사람들이 싫어할까봐 내 진심을 감춰야만 했고, 주변 사람들의 시선에서 자유롭지 못했다. 그 덕에 성장할 수 있었던 것도 사실이지만, 어느새 나는 타인의 인정을 받아야만 행복을 느끼는 사람이 돼 있었다. 일주일 후 다시 찾은 상담실.

"그동안 사람들이 나를 인정해줄 때 행복을 느꼈어요. 그래서 인정받기 위해 노력하며 살았고요."

"모든 인간은 관계 속에서 행복을 느낍니다. 본인이 그것을 통해 행복을 느끼거나 동기 부여가 된다고 해서 반성할 필요는 없어요."

상담사의 말에 사랑받기 위해 일방적으로 애쓰는 관계는 나중에 공허함이 더 크기 때문에 좋은 것만은 아니라고 말하고 싶었다. 하지만 상담 초기였던지라 상담사의 권위에 도전하는 듯한 "아니요. 그게 아니라……" 같은 말은 꺼내지도 못했다. "인정받기 위해 타인의 눈치를 봤다"며 속상해하는 와중에도 나는 또 눈치를 보며 입을 다물고 말았다. 어렸을 때부터 "아니"라고 말할 용기가 없었다. 이상하게도 꼭 해야 할 말은 하지도 못하고, 안 해도 될 말을 굳이 해서 화를 부르곤 한다. 그런 내가 변화하기 위해서는 좀 더 상담에 집중하고 솔직한 자세로 임해야 했다.

제2장

내 아이만 웃어준다면

나는 참 못난이였다

• 엄마는 오랜 진통 끝에 나를 낳고도 "예쁜 공주님"이란 말에 고개를 돌려버렸다고 한다. 퇴원일이 다가오도록 수유는커녕 아무도 아이를 보러 오지 않아 병원에서 산모를 확인하는 연락까지 했을 정도였다. 태어남과 동시에 모두에게 실망감을 안겨줬던

나는 자아와 자율성을 잃어버린 채 살아가야 했다.

수험생 시절 성적에 대한 스트레스가 심해지면서 가위에 눌리기 시작했다. 공부하다가 잠깐이라도 책상에 엎드려 눈을 부치면 어김없이 몸이 굳어버렸다. 잠에서 깬 것 같은데 아무 소리도 못 내고 움직일 수 없는 상태가 됐다. 그때마다 눈앞에 엄마가 나타났다. 엄마는 입을 실룩거리며 빨개진 얼굴로 한 손에는 구겨진 시험지를, 다른 한 손에는 빗자루를 들고 다가왔다. 나를 향해 터벅터벅 걸어오는 엄마를 보며 극도의 공포감에 휩싸였다. 남들은 가위에 눌리면 귀신을 본다고 하는데 내겐 귀신보다 더 두려운 존재가 엄마였던 걸까. 이 악몽은 꽤 오래전부터 시작됐다.

초등학교 1학년 때 받아쓰기 시험을 볼 때였다. 처음에는 매일 100점을 맞아와 엄마의 미소를 볼 수 있었다. 그러나 이중 모음과 받침이 들어가면서 시험은 점점 어려워졌고 시험지에 비가 내리기 시작했다. 100점을 맞지 못한 날이면 집에 가는 발걸음이 무거워졌다. 엄마는 내가 집에 들어서면 잘 다녀왔냐는 인사도 없이 내 가방부터 살폈다. 그러다 100점이 아닌 시험지를 발견할 때마다 불같이 화를 냈다. 오늘은 또 무슨 핑계를 댈까. 애꿎은 친구들의 이름을 불러대며 나보다 더 많이 틀린 애들이 있다고 할까. 알았는데 틀렸다고 억울한 척을 해야 하나. 시험을 못 본 건 나였지만 위로의 말은 엄마에게 더 필요했다.

엄마의 감정 쓰레기통에서 벗어나고 싶었던 어느 날, 아예 시험지를 보여드리지 않기로 결심했다. 하지만 엄마에게 걸리는 일은 시간 문제였다. 시험지를 학교에 버리고 오는 대범함은 꿈도 꾸지 못하고, 가방이 아닌 집안 구석구석에 숨기는 것으로 만족했으니 말이다. 그럼 엄마는 방바닥을 쓸던 빗자루로 어디라고 할 것 없이 닿는 곳마다 나를 매섭게 혼냈다.

"잘못했어요. 다시는 안 그럴게요."

잘못했다고 말하면 더는 때리지 않았다. 그래서 어느 정도 맞았다 싶을 때 잘못했다고 두 손 모아 빌었다. 진짜 잘못했다고 생각해서 그런 건 아니었다. 단지 너무 아팠다. 그러다 상처가 나면 엄마는 마음 아파하며 약을 발라줬다. 하지만 모든 잘못은 너에게 있다며 내 잘못임을 한 번 더 각인시켰다.

100점을 꼭 맞아야 한다는 압박감과 그러지 못하는 나에 대한 자기혐오, 엄마에 대한 두려움은 여덟 살 아이가 감당하기에는 버거운 감정들이었다. 그 시절 누구라도 "괜찮아. 그럴 수도 있지" 하며 나를 따뜻하게 안아줬더라면 얼마나 좋았을까.

하지만 엄마의 기억 속에서 자신은 딸을 사랑하는 다정한 엄마였다. 내 자식이 남들에게 칭찬받을 행동을 해야 당신의 가치가 높아진다고 생각했기에 시가에 가면 딸 자랑을 하느라 바빴다. 없는 자랑을 만들어서 하거나, 하나를 잘했으면 열을 잘한 것처럼 부풀려 말했다. 애써 나를 꾸며대는 엄마를 보면서 누군가에게 인정받을 만한 일을 해야 가치 있는 사람이 되는 줄 알았다.

그래서 누군가에게 처음 사랑 고백을 받았을 때 거짓말처럼 느껴졌다. 나는 그에게 잘 보이기 위해 노력한 게 하나도 없는데 어떻게 그냥 나를 좋아할 수 있다는 건지 믿을 수 없었다. 태어나서 있는 그대로의 모습으로 존귀하다는 느낌을 받아본 적이 없어 애를 써야만 사랑받는 줄 알았던 나는 참 못난이였다.

엄마만 생각하면
마음이 아프다

• 결혼 전, 시부모님께 인사를 드리러 간 자리에서 남편은 "내 여자 친구 예쁘지?" 하고 모두가 민망해지는 질문을 던졌다. 어머님은 찬찬히 내 얼굴을 살피시더니 "그래, 어디 데리고 다닐 때 부끄럽진 않겠구나"라고 하셨다. 도대체 데리고 다니기 부끄러운 얼

굴은 어떻게 생긴 건지, 생전 처음 듣는 외모 평가였다. 우리 엄마 역시 남편을 소개받는 자리에서 나를 당황하게 만들었는데, 그 이유 역시 기가 막히다.

"우리 딸한테 잘해줘야 돼! 얘는 진짜 처음이야. 내가 보증할게!"

자식 자랑할 게 그렇게 없나. 엄마 때문에 속상한 마음은 결혼을 하고 나서도 계속됐다. 출산 후 기절했다 정신을 차리니 전날에도 과음을 한 남편은 옆에서 코까지 골며 자고 있었다. 그런 남편을 대신해 시가 어른들을 맞이한 엄마는 또 한 번 나의 뒷목을 잡게 했다.

"저희 애가 아들을 낳아야 하는데 딸을 낳아서 제가 다 면목이 없네요. 죄송합니다."

세상에 죽다 깨어나서 저런 말을 들어야 한다니. 잠시 후 잠에서 깬 사위에게 엄마는 화룡점정을 날렸다.

"우리 딸 데리고 사느라 고생 많지? 자네 아니면 누가 쟤를 데리고 살겠어. 미안하고 고마워."

우리 엄마는 뭐가 그리도 미안한 게 많은 건지. 자식에게는 귀신보다 무서운 엄마지만 남들 앞에서는 미안할 거리를 기어코 찾아내 말을 해야 직성이 풀리는 사람 같았다.

나는 그런 엄마만 생각하면 마음이 아프다.

어린 날의 똥싸개

초등학생인 내가 침대에서 곤히 자고 있다. 알람 소리에 눈을 비비며 일어나 시계를 보니 이미 늦었다. 10분 내로 집을 나서지 않으면 지각 확정이다. 당황해서 허겁지겁 다리를 바지에 집어넣는데 자꾸만 스텝이 꼬이고, 가방도 챙겨야 하는데 준비물은 어디에 뒀는지 보이지 않는다. 마음이 급해지자 점점 머리가 멍해진다. 겨우 준비를 마치고 진땀 흘리며 집 밖으로 뛰어 나갔더니 지나가는 사람들이 나를 손가락질하며 비웃는 게 아닌가. 그들의 시선을 따라 내 몸을 내려다보는데 맙소사, 속옷조차 입지 않은 나체 상태였다. 온몸에 털이 곤두서는 느낌이 드는 그 순간, 잠에서 깼다.

재미도 감동도 교훈도 없는 이 불쾌한 꿈을 어렸을 때부터 자주, 그것도 아주 생생하게 꾸고 있다. 상담사는 꿈에 나오는 아이가 몇 살처럼 보이는지, 그런 경험이 과거에 있었는지 물었다. 꿈속의 나는 열한 살쯤 된 것 같은데, 그런 경험은 절대 없었다.

"옷을 안 입고 집 밖을 나선 것과 비슷한 공포감을 느낀 순간은 없었나요?"

공포감, 공포감, 공포감…… 생각났다! 똥싸개!

초등학교 3학년 때 상한 우유를 마시고 식중독에 걸려 설사가 멈추지 않았다. 새벽이 될 때까지 아무것도 먹지 못하고 물까지 토하는 바람에 결국 응급실 신세를 져야 했는데, 아침이 밝자 엄마는 학교에 가라며 내 등을 떠밀었다. 개근상을 타려면 하루도 빠져서는 안 된다는 게 이유였다. 수액 말고는 아무것도 먹지 못하고 내 의지와 상관없이 설사가 나오는데도 학교를 갔다.

쓰러질 듯 앉아 있다 3교시쯤 알았다. 이미 설사가 나왔다는 것을. 당황해서 어쩔 줄 몰라 가만히 있는데 냄새가 교실 전체에 퍼져나갔다. 나와 멀리 떨어져 있는 아이들까지 그 냄새를 맡고 웅성거렸다. 더 이상 냄새가 퍼지지 않게 카디건으로 똥이 묻은 바지를 가리고 밖으로 뛰쳐나가는데, 뒤에서 친구들의 웃음소리가 들려왔다. 엄마가 너무 원망스러웠다. 빤히 예상할 수 있는 상황인데 나를 꼭 이렇게 웃음거리로 만들어야만 했나. 그 후로 나는 한참 동안 학교에서 똥싸개라고 놀림을 받아야 했다. 식중독에 걸렸던 이유는 단지 상한 우유를 먹어서였는데, 그날 이후 지금까지 흰 우유를 먹지 못한다.

"아이들은 충분히 그런 실수를 할 수 있어요. 그날의 잘못은 은이 씨가 아니라 어머니의 행동에 있어요. 보통의 엄마라면 식중독에 걸린 딸에게 몸 상태가 그러하니 학교에 가지 말고 집에서 쉬라고 하죠. 어른이 돼서도 그때처럼 흰 우유를 못 먹는 이유는 그때의 상처가 그대로 남아있기 때문이에요."

당시에는 '이제 나를 좋아하는 사람은 아무도 없을 거야. 아무도 똥싸개와 친구를 해주지 않을 거야'라고 생각하며 반 친구들이 나를 놀릴 때마다 우는 것밖에 할 수 없었다. 몸이 아프고 엄마가 미웠던 그날의 상처에 '친구들의 놀림'이라는 세균까지 침투한 것이다. 나는 그 상처를 다시는 떠올리고 싶지 않아 그대로 방치했다. 아프지 않은 척했지만, 꿈이라는 무의식 세계에서 공포로 튀어나온 것이다.

"잠을 못 잘 정도로 지금 은이 씨를 힘들게 하는 그 두려움은 현재가 아니라 과거에 느꼈던 감정이에요. 과거에 있던 원인으로 두려움이 습관이 됐고, 과거 속에 있어야 할 두려움이 현재의 나에게도 미래의 말들을 만들어내면서 계속 불안하게 만드는 거죠. 그 무의식 속에 존재하고 있는 아이를 꺼내서 그 아이와 이야기하는 연습을 해야 합니다. 과거의 은이가 갖고 있던 그 두려움을 회피하지 않고 마주하는 연습이 필요해요."

그날 집으로 돌아가 초등학교 때 찍은 사진을 꺼내 봤다. 한때 내가 싫다고 외면했던 어린 날의 똥싸개를 오랜만에 마주했다. 그 얼굴을 손으로 어루만지며 말했다.

"친구들이 너를 놀려서 부끄럽고 도망가고 싶었지. 넌 식중독에 걸렸어. 식중독에 걸리면 너를 놀렸던 친구들도, 어른들도 다 똑같이 아픈 거야. 누구에게나 일어날 수 있는 일이었어. 그때 너는 너무 어려서 엄마 말을 거스를 수 없었어. 너의 잘못이 아니란다."

하기 전에는 민망하고 낯 간지러울 것 같았지만 생각과 달리 난 몰입했고 진지하게 접근했다. 한때 똥싸개라며 버려둔 아이를 마주하는 과정은 생각보다 가슴 아팠지만, 치유 효과는 꽤 컸다. 이제라도 상처에 소독약을 바르고 어서 나으라며 호호 불어주니 마음이 한결 홀가분해졌다.

어머니는 어떤 분이었어요?

• 엄마는 왜 식중독에 걸린 열 살짜리 딸을 억지로 학교에 보냈을까? 딸의 건강보다 개근상이 더 중요했던 걸까?

"어머니는 어떤 분이었어요?"

상담사는 친정 엄마에 대해 처음으로 물었다. 엄마는 태어난 지 얼마 되지 않아 친모를 잃고 이후 두 명의 계모 밑에서 자랐다. 계모들은 자식을 낳았고 자신의 친자식과 엄마를 심하게 차별 대우했다. 엄마는 그렇게 한 많은 세월을 보냈기 때문에 내 자식에게만큼은 사랑을 듬뿍 주고 싶었다고 말씀하셨다.

그런데 나는 엄마에게 사랑받으며 자란 기억이 전혀 없다. 오히려 엄마는 부모로부터 충분히 사랑받지 못했기 때문에 자신을 보호하려는 성향이 있었다. 자식들에게도 예외는 아니었다. 내가 어렸을 때 조금이라도 대들거나 튀는 행동을 하면 엄마는 나를 발로 차서 쓰러뜨리고 마구 때렸다. 영문도 모른 채 맞았지만 그 순간을 피하고 싶어 무조건 잘못했다고 빌었다.

빚쟁이들이 집에 찾아와 행패를 부릴 때도 어린 너희들이 있어야 자신이 구박을 덜 받는다며 엄마가 수모 당하는 것을 꼭 지켜보게 했다. 내가 결혼할 때는 자식을 키워놓으면 보람이 있어야지 아무 도움도 안 주고 혼자 편하게 살려고 시집 간다며 화를 내셨다.

"다들 누가 뭐라고 하든 우리는 있는 그대로 충분히 사랑받을 가치가 있다고 말하잖아요. 사실 저는 와 닿지 않아요. 사랑은 받는 거잖아요. 근데 주는 사람이 없는데 어떻게 사랑을 받으라고 하는 건지……."

"은이 씨의 트라우마 한 가운데 우유가 있다는 게 참 아이러니하네요. 젖이잖아요. 젖이 상했어요. 그걸 먹고 또 창피를 당했어요. 젖은 엄마한테 얻는 것인데 그때 온전한 사랑을 느끼지 못했다는 뜻이죠. 어린 은이의 마음을 충분히 이해해줘야 그때의 트라우마가 사라질 거예요. 은이 씨는 무의식적으로 주변 사람들을 다 엄마처럼 대해요. 그래서 성인이 되고 나서도 주변 사람들에게 인정을 못 받으면 무조건 내가 부족해서 그런 거라고 받아들이고 있어요. 이건 생각이 아니라 감정이고요. 은이 씨는 세상의 누군가가 엄마처럼 나를 함부로 대할까봐 두려워하고 있습니다. 사람들에게 잘 보이려 애쓰고 마음을 쏟는 것도 식중독에 걸렸지만 엄마의 말씀을 거역할 수 없어 억지로 학교에 갔던 것과 같은 이유 아닐까요? 한번 생각해보세요. 엄마를 바라보듯 세상을 대하고 있는 것은 아닌지 말이에요."

언니는 첫째라는 이유로 부모님의 신임을 받고 동생은 막

내인데다 아들이라 총애를 받으니, 중간에 낀 나는 스스로 엄마의 기쁨이 되고자 애썼다. 우리 엄마가 어떤 사람인지 생각할 새도 없이 무조건 형제들에게 사랑을 뺏기지 않으려고 노력했다. 그런 마음으로 자라 어른이 된 지금도 만나는 모든 사람을 엄마처럼 대했던 것이다.

상담사는 앞으로 다른 사람에게 인정받으려 무리하게 노력할 때마다 '어렸을 때 엄마에게 사랑받고 싶어 했던 마음이 습관처럼 또 새어나온다'고 마음속으로 되풀이하라고 했다. 이제 나는 싫어도 싫다고 말 못하고 그저 울 수밖에 없었던 어린 아이가 아니다. 아이를 키우는 어른이다. 아이처럼 불안해하고 애쓰는 습관으로부터 벗어나려면 우선 내가 필요 이상으로 눈치 보는 상황을 의식적으로 알아차려야 했다.

나도 모르게 긴장할 때 과거와 현재를 구분지어 생각하고 또 생각했다. 그렇게 살아보니 내가 걱정하는 것만큼 불안이 현실로 나타나지는 않았다. 나의 단점을 드러내도 인간관계는 쉽게 깨지지 않았고, 내가 유능하지 않아도 나를 믿고 지지해주는 사람들이 있었다. 잘못한 부분에 대해서는 비판받을 수 있지만, 그로 인해 나라는 사람의 가치까지 떨어지지는 않았다. 어쩐지 내가 살았던 세상과 전혀 다른 세상을 사는 느낌이다. 훨씬 마음이 편해졌다. 세상, 그렇게 애쓰며 살지 않아도 괜찮았다.

슬픔을
흘려보내야 할 때

• 우리는 자신의 기질에 따라 행동하고 그에 대한 상대의 반응을 합쳐서 '기억'이라는 벽돌을 쌓는다. 감정이 동반된 기억은 개인의 성격을 만들고, 성격은 다시 행동이 되고, 행동은 그 사람의 인생이 된다. 내 안의 벽돌을 어떻게 쌓느냐에 따라 인생이 달라

질 수 있다.

할아버지는 지역 신문사를 경영했고, 작은 할아버지는 박정희 대통령 시절 국방부 장관으로 지냈다. 그 덕에 엄마는 경제적으로 풍족한 집안에서 자랄 수 있었다. 하지만 돈이 행복을 보장해주지는 않았다. 엄마가 네 살일 무렵, 할머니는 조현병 진단을 받고 평생을 정신 병원에서 살았다고 한다. 이후 할아버지는 두 번의 재혼을 했고 가족이 여러 번 바뀌는 상황에서 그 어린 아이가 어떻게 현실을 건강하게 받아들일 수 있었을까.

엄마는 성인이 되고 결혼을 하고 나서도 외가에 갈 때마다 유독 신경질적이고 예민해졌다. 덩달아 나도 옷장에서 제일 예쁜 옷을 골라 입고 꾸미는 데 오랜 시간을 들여야 했다. 그런데도 엄마는 "너는 왜 맨날 예쁘게 입다가 이런 날만 되면 구질구질한 옷만 입니? 옷이 이거밖에 없어?" 하며 화를 내셨다. 가족애를 느낄 수 없는 외가에서 행여나 무시 당할까봐 안절부절하는 엄마의 모습은, 어린 시절 비가 내리는 시험지를 들고 조마조마 집에 갔던 어린 나와 닮았었다. 사랑받고 싶었지만 받지 못했던, 성인도 감당하기 힘든 상처를 혼자서 삭혀야 했던 유년 시절의 아픔이 우리에게 남아 있었다.

하지만 상처의 대물림은 여기서 끝내야 했다. 상담사는 기억은 나를 이루는 벽돌처럼 내 안에 실재하니 지금이라도 내 안의 목소리를 듣고, 과거에 정리하지 못한 벽돌을 찾아서 느껴야 한다고 했다.

"영화 〈인사이드 아웃〉에서도 나오듯, 슬픔은 슬픔 그 자체로 느끼면 자연스럽게 흘러갑니다. 슬픔을 부정적인 감정이라 생각하고 굳이 막으려고 하니까 그것이 우울이나 분노의 형태로 변하는 거예요. 무당이 죽은 사람의 한을 풀어주는 게 별게 아니에요. 귀신의 이야기, 그 안에 담긴 슬픔을 그냥 들어주는 거죠. 그 이야기가 무서워서 말도 못하게 하면 두려움만 커질 뿐이에요. '아무도 내 이야기를 들어주지 않는구나' 하면서 해소되지 못한 슬픔이 결국 나쁜 행동으로 표출되는 거죠. 그래서 귀신들은 자신의 이야기를 들어준 이에게 축복을 내려주고 간다고 해요. 과거의 아픔을 적어서 태워 보내는 의식을 해보세요. 지금은 가슴 아프고 힘들 수 있지만 슬픔이 하나씩 이야기가 돼 날아갈 때마다 자유로워지는 나를 발견할 수 있을 거예요."

상담 후 곰곰이 생각해봤지만 과거의 구체적 상황은 잘 떠오르지 않고 당시 느꼈던 감정만 다시 올라왔다. 그동안 내가 슬픈 기억을 억압해와서 그런 걸까. 이후 저 깊은 동굴 속에 숨은 '슬픔이'를 찾아 끌어안기까지 수개월이 걸렸다. 내 안의 '슬픔이'는 똥싸개뿐만이 아니었다. 하나가 지나가면 다른 기억이 떠오르고, 또다시 정리하면 다른 아픈 기억이 떠올랐다. 나는 이들에게 말해줘야 했다.

"너의 잘못이 아니야. 지금까지 잘 버티고 거기 있어준 덕분에 내가 지금 슬픔을 마주할 만큼 건강해졌어. 고마워. 너는 그 자체로도 빛나고 사랑스럽단다. 그러니 너무 슬퍼하지 않아도 돼."

마음의 응어리를 적은 종이를 태워 하늘로 보냈다. 내 안의 정리되지 않은 벽돌들을 정리해서 반듯하고 견고한 나를 만들어가고 있다. 이제 한을 풀어줬으니 복만 기다리면 되겠지. 내게 어떤 복이 찾아올까 기대된다.

내 아이만 웃어준다면

• 처음 엄마가 됐을 때 아무 것도 몰랐다. 아기가 엄마 배 속에서 나와 이 세상과 처음 인사한 순간 나 역시 엄마로 다시 태어났다. 처음 운전대를 잡았을 때처럼, 사회에 첫 발을 내딛었을 때처럼, 엄마라는 역할을 어떻게 해내야 하는지 전혀 알지 못했다. 처

음 해본 일이 익숙해질 때까지 누구에게나 시간이 걸리지만, 나는 남들보다 조금 더 많은 시간이 필요했다.

그렇다한들 자신의 육아 철학이 정답인 것처럼 조언해주는 주변 사람들에게 고맙지는 않았다. 집안 어른들은 한 여름에 아이를 낳은 나에게 선풍기도 틀지 못하게 했고, 아이를 데리고 밖이라도 나가면 갓난아이가 사람이냐며 얼른 들어가라고 동네 아주머니에게 혼났다. 내 아이의 귀여운 모습을 혼자 보기 아까워 SNS에 올리면 시가 식구들은 우리 손녀 옷차림은 어떻고 장난감은 또 어떤지 우려와 걱정을 댓글로 남겨댔다. 내가 낳은 아이인데 내 뜻대로 할 수 있는 게 하나도 없었다.

어른들 눈에는 처음 엄마가 된 내가 많이 부족하고 답답해 보였을 것이다. 그런데 이제 나도 엄마로서 아이와 친해지고 있는 중이었다. 내가 어떤 엄마인지, 아이가 어떤 아이인지 막 알아가고 있는 과정에서 아니다, 맞다 조언해주니 혼란만 가중됐다.

그러지 않아도 스스로 형편없는 엄마 노릇에 죄책감이 들 때가 한두 번이 아니었다. 아이가 무사히 걸음마를 떼고 말을 배우고 유치원을 다니며 친구를 사귈 때까지도 아이를 키우는 일이 어쩐지 내 몸에 맞지 않는 옷을 입은 듯 어색할 때가 많았다. 나는 정말 모성애가 없는 걸까, 이런저런 생각을 하며 빨래를 개고 있는데 딸아이가 내게 물었다.

"엄마, 예전에 아끼던 원피스에 구멍이 났었잖아. 그때 왜 그랬었지?"

대학 동창의 결혼식 날이었다. 아이를 낳았지만 아줌마티는 내고 싶지 않았기에 옷차림에 각별히 신경 썼다. 한결 우아해진 모습으로 딸과 함께 결혼식장에 갔다. 그날은 사진도 평소보다 자신 있게 찍었던 것 같다. 식이 끝나고 식장을 나와 친구들과 인사를 하고 돌아서는데, 그 순간 얌전했던 아이가 내 손을 뿌리치고 달려가더니 계단 손잡이에 엉덩이를 대고 미끄럼틀처럼 타고 내려가는 것이 아닌가. 정말 순식간에 일어난 일이었다.

"안 돼!!!"

소리를 지르며 아이에게 달려가는 와중에 본능적으로 엄마의 전자두뇌가 발동했다. 아이가 스스로 멈출 수 있을까? 아니, 불가능하다. 내려가는 경사가 급해서 지금도 중심을 못 잡고 떨어질 듯 아슬아슬하다. 계단 손잡이 왼쪽은? 3층부터 1층까지는 무서울 정도로 단단한 돌계단이 펼쳐져 있다. 오른쪽은? 절벽처럼 3층에서 땅바닥까지 아무것도 없다. 그러면 지금 여기서 내가 아이를 구할 수 있겠는가? 전자두뇌는 말했다. 아이처럼 뛰어들어!

고급 원피스를 입은 나는 그 많은 하객들 앞에서 아이처럼 계단 손잡이를 타고 내려갔다. 무게에 힘이 실려 아이보다 더 빠른 속도로 내려가 아이를 잡을 수 있으리라. 천만다행히도 모든 계산이 맞아 떨어진 덕분에 나는 슈퍼히어로처럼 아이를 두 팔로 감싸 안을 수 있었다. 그리고 다리에 온 힘을 실어 속도를 늦추고 안전하게 바닥으로 내려갔다. 아이가 무사한 것을 보고 눈물이 터져 나왔다.

"유나야 괜찮아?"

"엄마 이거 비싼 원피스인데…… 어떡해."

내려가는 동안 원피스는 돌바닥에 쓸려서 올이 나가 엉망진창이 됐고 다리에는 피가 흐르고 있었다. 아이는 자신이 사고 날 뻔했다는 사실도 모른 채 엄마의 상처를 보고

놀라 따라 울었다. 빨래를 개다가 구멍 난 아빠의 바지를 보고 아이는 그때가 떠올랐나보다.

"그때 엄마가 너를 살릴 방법은 그것밖에 없었으니까."

그래, 나도 모성애가 있다. 남들이 보기에 조금은 서툴고 어설프지만 그 아름답고 숭고한 본능이 내게도 있다. 값비싼 원피스를 입었을 때보다 그 옷을 버린 순간에 나는 더 아름다웠다. 웨딩드레스를 입고 행진했을 때보다 내 아이를 구하기 위해 뛰어들었을 때가 더 빛나는 순간이었다.

누가 뭐래도, 내가 바보 같은 짓을 하더라도 내 아이만 웃어준다면 그런대로 나는 괜찮은 엄마이다. 남들이 나를 어떻게 생각하는지는 내 의지와 상관없이 결정된다. 그러니 내가 어쩔 수 없는 것들에 흔들리기보다 나와 내 아이만 보고 행복하게 살아갈 것이다.

오늘도

수고했어

• 유독 모든 게 잘 안 풀리는 날이 있다. 그 날도 회사에서 중요한 프로젝트를 결재 받으면서 많은 지적을 들었다. 오탈자 지적도 받고, 그동안 어떻게 일했냐는 무시도 받고, 이걸 보고도 팀장이 진짜 결재를 해줬냐고 상사까지 욕먹였다. 인내심이 한계에 달

해 숨이 턱 막혀오는데 유치원에서 전화가 왔다.

"어머니, 유나가 오늘은 어머님이 데리러 오신다고 했는데 연락이 없으셔서요."

아침에 딸이 유치원 버스를 기다리면서 말했다.

"유나가 네 번이나 계속 유치원 버스 탔으니까 오늘은 엄마가 데리러 와."

우리 집은 하원 차량 코스의 마지막이어서 딸은 한 시간 동안 유치원 버스를 타야 한다. 그게 힘들었던 딸은 늘 내가 직접 유치원에 오기를 바랐다. 그때가 금요일이었으니 월요일부터 목요일까지 네 번이나 딸은 한 시간을 달려 집에 온 셈이다. 꼼꼼히도 날짜를 센 딸의 기억력에 더 미안해졌다.

그 순간 미안한 감정이 앞서 오늘 중요한 업무가 있다는 것도 깜빡한 채 오늘은 엄마가 꼭 데리러 가겠다고 새끼손가락 걸어 약속하고 손도장까지 찍었다. 그러나 나는 또 약속을 지키지 못했다. 회사 일을 뒤로하고 이대로 딸에게 갈 수 없었다. 결국 남편에게 전화를 걸었다.

"미안한데 유치원에 좀 가 줘. 유나가 기다리고 있대."

남편은 그러겠다고 했다. 엄마가 가든, 아빠가 가든 무엇이 중요하겠냐마는 딸과 한 약속을 지키지 못했다는 사실에 속상했다. 분명 아이는 엄마와 약속을 하고 유치원 선생님께 "오늘은 엄마가 와서 유치원 버스를 안 타도 돼요" 하며 방긋 웃었을 텐데 천하에 이렇게 나쁜 엄마가 없는 것 같았다. 혹시나 딸이 엄마는 자신을 사랑하지 않는다고 서운해할까봐 걱정됐다. 회의는 여섯 시가 넘어서까지 이어졌는데 유치원에서 다시 전화가 왔다. '뭐지. 남편이 안 갔나?' 하는 불안한 마음으로 회의실 밖에 나가 전화를 받았다.

"어머님이 오신다고 해서 말씀 안 드렸는데 오늘 유나가 '우린 네가 좋아' 상을 받았어요. 많이 칭찬해주세요!"

'우린 네가 좋아' 상은 이미 딸에게서 여러 번 들었다. 한 달에 한 번 같은 반 아이들이 그 달의 가장 멋진 친구를 추천하고 투표하는 상이다. 뽑힌 아이는 '우린 네가 좋아'라고 적힌 예쁜 배지를 받는다. 딸은 그 배지를 가방에 달고 다니는 친구들을 굉장히 부러워했다. 이번 달에는 누가 됐는데, 자기도 받고 싶다며 매번 입을 삐죽 내밀었다.

"정말요? 그거 유나가 엄청 받고 싶어 했는데."

"네, 유나가 더 멋진 친구가 되기 위해서 유치원에서 장난감도 양보하고 밥도 혼자서 먹겠다고 약속했어요."

"어머! 정말 감사합니다."

순간 간신히 붙잡고 있던 긴장의 끈이 탁 풀리면서 눈물이 핑 돌았다. 유독 회사에서 일이 잘 풀리지 않거나, 회사 일로 아이에게 소홀해질 때면 직장에서나 가정에서나 해야 할 일을 완벽하게 해내지 못하는 나를 자책하곤 한다. 그럴 수 없는 현실이 답답하기도 하고, 무엇보다 그런 엄마 때문에 아이에게 영향이 갈까봐 걱정됐다. 하지만 아이는 엄마의 걱정과 달리 제 나름대로 잘 지내고 있었다. 상은 아이가 받았는데, 어쩐지 "오늘도 수고했다"며 누군가 내 어깨를 톡톡 두드려주고 안아준 느낌이었다.

아이의 꿈은 엄마 것이 아니다

• 학창 시절에 만났던 선생님은 두 부류였다. 한 분은 너희들이 나갈 사회는 무서운 곳이라며 제자들을 혹독하게 훈련시키는 선생님이었다. 그 분은 언제나 '상처가 사람을 강하게 만든다'는 명분 아래 폭언과 폭행을 일삼았고 성적으로 학생들의 우열을 가려

대했다.

또 다른 선생님은 제자들을 한 명 한 명 관심 있게 지켜보고 각자에게 빛나는 점을 칭찬했다. 성적이라는 한 가지 기준으로 학생을 평가하지 않았다. 틀린 것이 아니라 다른 것이니 충분히 잘할 수 있다고 믿고 격려해줬다.

고등학교 2학년 국어 수업 때, 주요 일간지의 논설문을 읽고 각자 의견을 발표하는 시간이 있었다. 자신은 없었지만 주목받고 싶은 욕심에 손을 들고 바들바들 떨면서 발표를 했었다. 끝나고 주변의 반응을 살피자 선생님은 호탕하게 웃으며 말씀하셨다.

“은이야! 네가 말할 때 사람들이 특히 집중하는 것을 아니? 네 말에는 사람을 끌어당기는 힘이 있어. 똑똑하고 유식하게 보이려는 마음보다 진솔하게 너의 의견을 표현하려는 그 노력이 더 대단한 거야. 정말 잘했어.”

국어 선생님은 발표 후에도 덜덜 떨고 있는 내게 ‘너는 이미 충분하다’며 좋은 점을 찾아주셨다. 그 칭찬 덕분에 청산유수는 아니지만 어려운 자리에서도 편안하게 말을 건넬 수 있는 용기와 내 말에는 진솔한 힘이 있다는 자신감을 얻었다.

내가 아이를 보는 시선도 그러하길 바란다. 편협한 나만의 신념으로 아이를 바라보지 않을 것이다. 잘하지도 않는 아이에게 억지로 "잘한다, 잘한다" 하면서 내가 원하는 것을 강요하고 싶지 않다. 이런 나의 다짐을 시험하는 순간은 생각보다 빨리 찾아왔다.

"엄마, 나 영어 학원 안 다니고 싶어!"

이전에도 한 번 영어 유치원을 다니다가 3개월 만에 그만뒀다. 이번에는 6개월을 다녔으니 그래도 오래 버텼다고 해야 하나. 퇴근 시간까지 아이의 스케줄을 어떻게 다시 짜야 할지 한숨부터 나왔다. 지금 아이의 말을 흔쾌히 들어주면 아이가 앞으로 힘든 일이 생길 때마다 쉽게 포기해버릴까 봐 걱정됐다. 살아가면서 힘든 일은 피할 수 없기에 아이가 그 무게감을 감내할 줄도 알았으면 좋겠다고 설득하려 했는데, 가만 보니 아이를 위한 선택이랍시고 학창 시절에 그토록 싫어했던 선생님의 길을 내가 걷고 있었다. 이때 내 머리를 강하게 스친 대사가 있다.

"받들겠습니다!"

영화 〈1987〉에 자주 나오는 대사이다. 고문 경찰관들은 윗선의 명령에 늘 이렇게 대답한다. 그리고 그 명령을 국가의 명령이라 믿고 무조건 받아들인다. 어쩌면 내가 세상의 말을 잘 따르는 아이를 바랐던 것은 아닐까.

왜 영어를 해야 하는지 모르고, 영어 시간마다 조는 아이에게 "다 너를 위한 것이니 참고 들어라"고 말하려는 꼰대가 여기 있었다. 아이는 자신이 하고 싶은 것, 하기 싫은 것을 스스로 찾아야 한다.

"그러면 우리 딸이 무엇을 하면서 보내면 그 시간이 행복할까?"

"음……."

아이는 한참을 설레는 표정으로 고민했다. 그러다 "수영? 인라인?"이라고 말하는데 그때 눈빛이 참 반짝였다. 아이는 어렸을 때부터 몸 쓰는 운동을 좋아했다. 아이는 자신이 원하는 꿈을 찾고 엄마는 아이가 그 꿈을 이룰 수 있도록 도와주면 된다. 내 꿈은 내가 이뤄야지, 아이를 통해 이루려는 것은 엄마의 과욕이다. 스스로 숨겨진 재능을 찾고 꿈을 꾸며 눈부신 인생을 살아가길 바란다.

엄마

무슨 생각해?

• 불운은 예고도 없이 찾아와서 나를 괴롭힌다. ADHD 판정을 받은 순간 그동안의 내 인생 전체가 부정 당하는 느낌이었다. 스스로가 참을 수 없을 만큼 미워서 눈물이 났다. 엄마의 눈물을 본 딸은 조심스레 다가왔다.

"엄마, 무슨 생각해?"

"유나가 엄마 딸로 와줘서 너무 행복해서 눈물이 나네."

"나도 그거 뭔 줄 알아. 어린이집 선생님이 그만뒀을 때 유나도 울었어. 속상해서 운 게 아니라 선생님이 너무 좋아서 눈물이 났어. 유나랑 잘 놀아줬거든. 엄마도 그래서 우는 거야?"

"응, 맞아. 이렇게 말하는 딸이 너무 예뻐서."

아이는 마치 모든 것을 다 아는 듯 작은 손으로 엄마 뺨에 흐르는 눈물을 닦아주며 위로해줬다. 엄마가 얼마나 아름다운 사람인지, 자신이 엄마를 얼마나 사랑하는지 온몸으로 표현해줬다. 내 인생의 어떤 행운도, 어떤 빛나는 선물도 아이만큼 나를 행복하게 해준 것은 없었다. 내 앞에 선 이 아이를 보고 있을 때면 그래도 내 인생 헛되지 않았구나 싶다.

사랑 가득 하트 김밥

• 아이가 소풍 가는 날, 아침부터 바쁘게 김밥을 준비했다. 평소 먹던 크기대로 김밥을 싸려다가 아이 입에는 너무 클 것 같기도 하고, 그만한 김밥을 먹여본 적도 없어서 영 불안했다. 혼자 먹다가 체하면 또 어쩌고. 그래서 자그마한 입에 쏙 들어갈 수 있게

야채를 얇게 썰고 밥도 가능한 얇게 펴서 쌌다. 돌돌 말아 김밥을 썰으니 내용물이 적어 힘이 없었다. 동그란 모양이 나오지 않고 흐물흐물해졌다.

망했다. 친구들과 돗자리에 앉아 서로의 도시락을 구경할 텐데 친구들의 예쁜 김밥을 보며 자기 도시락이 창피해지겠지. 지금이라도 김밥을 새로 사고 싶었지만 이미 시간이 많이 늦어 그 채로 보낼 수밖에 없었다. 그런데 뜻밖에도 소풍에서 돌아온 딸은 환하게 웃으며 나에게 안겼다.

"엄마! 엄마가 싸준 김밥이 다 하트 모양인 거야. 진짜 신기했어. 너무 예뻐서 엄마 생각이 나서 도시락에다가 뽀뽀도 했어."

아이는 까르르 웃었다. 어떻게 내 김밥이 하트 모양이라는 걸까. 내용물이 적어 힘이 없는 김밥을 젓가락으로 집으면 가운데가 안으로 들어가 하트 모양처럼 보였나보다. 그것을 보고 엄마가 하트 모양의 김밥을 쌌다고 생각하다니 이토록 순수한 오해가 또 있을까.

아이는 엄마가 새벽부터 일어나 도시락을 준비하는 모습을 지켜봤다. 김밥을 싸는 내내 김밥이 크진 않을까 걱정하는 엄마를 옆에서 구경했다.

"소풍을 가면 네가 목이 메어도 옆에서 잘라주는 사람이 없을 거야. 물도 알아서 먹어야 하니 큰 김밥을 싸면 안 되는데 이걸 어쩌나……."

그 덕에 못난이 김밥이 됐지만 엄마의 사랑은 어디 가지 않고 그대로 담겨져 있었다. 그리고 아이는 그것을 '하트 김밥'이라고 불렀다. 때로는 눈에 보이는 것보다 보이지 않은 것이 더 아름다울 때가 있다. 눈에 보이는 것만이 진실은 아니기에 서툰 모성이라도, 아이가 이렇게 감동해준다면 내년에도, 그 후년에도 나는 매번 기쁜 마음으로 하트 김밥을 싸주고 싶다.

엄마라는 산을 올라가며

• 나밖에 모르던 내가 나보다 작고 연약한 생명체를 키우려다보니 정체를 알 수 없는 불안감, 우울감이 불쑥불쑥 찾아왔다. 내 삶에서 '내'가 점점 없어져 갔다. 그 상황을 견딜 수 없어 마음도 몸도 아팠다. 하지만 언제까지 힘들어만 할 수는 없었다. 새로운

세상에 적응해야 했다.

내게는 부담이자 동기 부여가 됐던 주변의 기대와 사회적 시선을 상담사는 '배'에 비유했다. 그 배 덕분에 내가 마주했던 인생의 파도들을 다 뚫고 바다를 건너올 수 있었으니 어린 시절 남에게 잘 보이려고 한 '노력'에게 감사하다. 하지만 이제는 내 삶의 무대가 바다에서 산으로 변했다. '엄마'라는 산을 올라가야 하는데 그 '배'를 내려두지 않고 짊어지고 가려니 무겁고 버겁게 느껴졌다.

"내가 배를 들고 산을 타려 한다는 걸 인정해야 해요. 바다를 건널 때 배는 너무 고마운 존재지만 산을 올라갈 때는 짐이 될 겁니다."

나는 당장 그 배를 버려야 했다. 타인에게 사랑을 갈구하던 눈을 점점 나와 아이에게로 돌렸다. 남이 아닌 나의 비위를 맞추고, 내 품안에서 자라나는 아이를 더 많이 생각하고 안아줬다. 씻지 못하고, 구질구질한 옷을 입더라도 아이에게 나는 그 자체로 필요한 존재였다. 남들이 보기에는 한없이 서툴고 부족한 엄마여도 아이와 나에게는 아무런 상관이 없었다.

대신 엄마 노릇을 하느라 서서히 사라져가는 나를 지키기 위해 상담을 받고 책을 읽고 글을 썼다. 지금 내가 사랑해야 할 사람들을 바라보고 내가 할 수 있는 일을 했다. 그것만으로도 하루에도 충동적으로 찾아오던 불안과 우울이 조금씩 멀어지기 시작했다.

엄마도
엄마가 필요해

• 기록적인 폭우가 쏟아지던 어느 날 새벽, 진통이 오기 시작했다. 병원에 갔더니 아직 아이가 나오려면 멀었으니 내일까지 지켜보자고 했다. 지금도 죽을 것처럼 아픈데 도대체 얼마나 더 아파야 애를 낳을 수 있단 말인가. 냉담한 의사 반응에 더 두려웠다.

엄마는 그런 나를 보고는 "어떡해. 차라리 내가……" 하며 말을 잇지 못했다. 진통이 점점 심해져 온몸을 꼬면서 소리를 지르기 시작했다. 정말 죽을 것 같았다. 아니 거의 죽는 줄 알았다. 그때 하염없이 나를 어루만지는 엄마의 따뜻한 손길과 나지막한 기도 소리가 불안한 나를 안정시켜 줬다.

엄마는 언니를 친정집에서 낳았다. 진통 때문에 아파하는 엄마에게 계모는 "그 정도로 애 안 나온다"며 매정하게 대해 혼자 이를 악물고 참다가 아기 머리가 나오기 시작해 병원도 갈 수 없었다고 한다. 세상에 이렇게 아팠는데 아무도 신경을 안 써줬다니. 홀로 출산의 고통을 감당하느라 얼마나 두려웠을까. 평소 엄마의 신세 한탄을 듣기 싫어했는데 내가 가장 고통스러운 순간에 엄마의 한이 느껴졌다. 그녀는 나보다 어린 나이에 언니와 나를 키워냈다.

나의 불행이 모두 엄마 때문이라며 탓하고 싶지는 않다. 엄마 당신도 그런 인생을 꿈꾸진 않았을 테니 말이다. 계모를 두 번이나 만난 것도, 이복형제들과 차별 대우를 당한 것도, 능력 없는 남편을 만나 빚쟁이와 싸운 것도 모두 엄마의 잘못이 아니다.

엄마의 훈육 방식이 옳다고 말할 수 없지만 당시 엄마에게는 자신의 행동이 자식에게 어떤 영향을 미칠지 생각할 여유조차 없었다. 지금의 내가 "엄마는 신이 아니다"라고 말하고 싶은 것처럼 당시의 엄마도 같은 마음이지 않았을

까. 모든 엄마가 그렇듯, 우리 엄마 역시 완벽할 수 없는 사람이었을 뿐이다.

결혼은 정말 미친 짓일까

스무 살에 만난 첫사랑과 결혼에 성공했다. 남들 눈에 우리 부부는 첫사랑을 이룬 로맨스의 결정체처럼 보일 수 있다. 어린 나이에 남편을 이상화했던 덕분이리라.

누가 "결혼은 정말 미친 짓일까?"라고 물으면 한 치의 의

심도 없이 "아니"라고 말할 수 있었는데 이제는 한 번 더 생각하게 된다. 남편은 대학생 때부터 '남자는 술이 세야 진짜 남자'라며 인사불성이 될 때까지 술을 마셔댔다. 하지만 그때는 그게 큰 문제가 아니라고 생각했다. 그를 바꿀 수 있다는 근거 없는 자신감과 그의 단점까지 끌어안을 수 있다는 믿음이 있었다. 스스로를 심히 과대평가했었다.

결혼 후 서서히 환상이 깨지기 시작하면서 현실을 있는 그대로 받아들이기 힘들었다. 그 과정에서 나의 실체도 여과 없이 드러나기 시작했다. 내 싹수는 어릴 때부터 유명했다. 젓가락질을 배우던 무렵 내가 자꾸만 밥풀을 흘리자 외숙모는 잔소리 폭격을 날렸다. 가만히 듣고 있다가 분노를 참지 못한 나는 결국 김치를 집어 들어 외숙모 얼굴에 확 던져버렸다고 한다.

초등학교 과학 시간에는 나만 빼고 실험을 하는 조원들이 미워 그들이 잠시 한눈판 사이에 비커에 담긴 유해 액체를 바닥에 따라버렸다. 친구들은 놀라 소리를 질렀고, 선생님은 화를 냈고, 엄마는 학교로 출동해야 했다.

중학교 3학년 화이트데이에는 한 남자 아이가 우리 반까지 찾아와 사탕이 가득 담긴 예쁜 유리병을 선물했다. 다른 반 친구들까지 우루루 몰려들어 구경하는 그 상황이 부끄러워 견딜 수가 없었다. 그래서 보란 듯이 유리병을 창밖으로 던져버렸고 쨍그랑 소리가 났다. 다행히 지나가는 행인이 없어 인명 피해는 없었지만, 그날 이후 나는 학교에서 유명한 미친년이 됐다.

성인이 돼서도 나의 감정을 이성적으로 설명하거나 충동적인 행동을 제어하기가 여전히 힘들었다. 결혼 후에도 분노를 이기지 못하는 순간이 자주 찾아왔다. 조목조목 따지며 논리적으로 상대를 설득하고 싶었지만 그게 마음처럼 쉽게 되지 않았다. 지금 내가 왜 이런 감정이 드는지 나조차 알지 못한 채 악을 지르고 있었다.

이렇듯 우리 집에는 매일 만취 상태로 들어오는 남자와 감정적으로 소리부터 지르고 보는 여자가 살고 있었다. 나는 남편이 함께 육아를 하리라 기대했지만 술도 이기지 못하는 나약한 모습에 분노했고, 남편은 퇴근하고 집에서 쉬고 싶은데 분노 조절을 못하는 내가 기다리고 있으니 힘들었을 것이다. 우리 부부는 모두 굴곡진 렌즈로 세상을 대했다. 자기가 힘들고 괴로운 순간만 확대해서 바라보며 자신의 인생을 원망하고 있었다. 이대로 살다간 고주망태 영감탱이와 욕쟁이 할망구로 늙을 게 뻔했다.

그러나 나 스스로가 온전치 않은 사람임을 받아들이면서 그동안 세상을 봐왔던 렌즈를 버려야 할 때가 왔음을 깨달았다. 내게는 쉽게 벗어나기 힘든 병이 있었다. 그래도 병을 방치하지만 않으면 더 심해지지는 않으니 이제라도 깨끗한 두 눈으로 오롯이 세상을 봐야 했다. 우선 나와 남편의 모습을 직시했다. 이전에는 비난과 경멸의 어투로 남편을 대했다면 이제는 진심을 온전히 전할 수 있는 방법을 고민했다.

"만약 회사에서 당신의 자리가 조금이라도 삐걱거린다면 당신은 인생 전체가 흔들릴 거야. 그때 당신이 기댈 곳은 가정밖에 없단 걸 잊으면 안 돼. 안에서 당신의 뿌리가 튼튼해야 밖에서도 단단히 버틸 수 있어."

진심이 통했던 건지, 남편은 순순히 내 말에 고개를 끄덕였다. 절대 바뀌지 않으리라 생각했던 남편은 한 집안의 가장으로서 감당해야 할 책임감을 받아들이기 시작했다. 술로 망가진 건강을 되찾기 위해 저녁 약속을 줄이고 운동하는 습관을 길렀다. 매 주말에는 가족과 등산을 가기 시작했다. 딸이 좋아하는 보드게임을 연구하며 딸과 전보다 많은 시간을 보내게 됐다.

혼자서는 불행했던 내가 행복해지고 싶어 결혼을 했고, 그러다보니 남편을 백마 탄 왕자님으로 만들어버렸다. 하지만 결혼 생활은 우리가 불완전한 사람임을 깨닫고, 그것을 인정하게 해주는 과정이었다. 그렇게 우리는 진짜 어른으로 성숙해지고 있다. 이 정도면 해볼 만한 미친 짓이 아닐까.

나의 아저씨

* 드라마 〈나의 아저씨〉의 주인공 지안은 차가운 현실을 버티며 거칠게 살아왔다. 과거의 상처 때문에 '내가 어떤 사람인지 알아도 나를 떠나지 않을까'라는 회의적인 생각을 하며 사람들에게 다가가지 못한다. 어두운 과거에 갇혀 폐쇄적인 삶을 살아가는 지

안 앞에 따뜻한 아저씨 동훈이 나타난다. 지안은 자신을 인간적으로 대해주는 어른을 보며 '어쩌면 나도 괜찮은 사람일 수 있겠다'는 생각을 하게 된다. 아저씨와의 인간적인 교감을 통해 그녀는 조금씩 세상을 향해 마음의 문을 연다.

부모에게서 받은 상처는 아무에게도 보여주고 싶지 않았다. 상처받기 두려워 마음의 문을 닫아버렸다. 그렇게 내면의 상처를 감추고 사랑만 받았던 것처럼 살아가려니 상당한 에너지가 소모됐다. 오랜 세월 상처를 밖으로 해소시키지 않고 안에 담은 채 살다보니 어느새 그것은 내 삶의 본질이 되고 말았다. 그래서 상처를 드러낼 누군가를 찾고 싶었다. 상처를 보이면 나를 멀리하거나 우습게 여기는 사람이 아닌, 상처를 보여줘도 괜찮은 안전한 그릇이 필요했다.

막내 삼촌은 어렸을 때부터 '나의 아저씨'였다. 어렸을 때 잠깐 우리 집에서 같이 살았던 삼촌은 불안에 떨고 있는 어린 나에게 난로 같은 사람이었다. 삼촌이 집에 없을 때는 풀이 죽어 있다가 삼촌이 오면 천군만마를 얻은 듯 천진난만한 까불이가 됐다. 상담을 받으며 마음이 전보다 괜찮아졌을 때쯤 오랜만에 삼촌을 뵀다. 나는 용기 내 어릴 적 엄마에게 받은 상처와 지금의 회복된 마음을 털어놓았다.

"형수가 그랬었지. 그래서 내가 너를 많이 챙긴 거야. 지켜보기 안쓰러워서……."

삼촌은 내가 먼저 마음을 열고 이 얘기를 할 수 있을 때까지 나를 기다려주신 것 같았다. 돌아오는 길에 삼촌에게 문자가 왔다.

"은이야 잘 들어갔지? 너를 보내고 네가 오랫동안 버텨왔을 삶의 무게를 생각하니 마음이 무겁구나. 살아오느라 정말 많이 애썼어. 맨땅에서 새싹 하나 올곧게 선다는 것이 얼마나 고통스러운 일인지 내가 잘 알아. 더 이상 너의 상처가 그 누구에게도 트라우마로 번지지 않기를 바란다. 삼촌이 기도하고 응원할게."

나의 아픔을 진심으로 대해주는 사람이 있어 참 다행이다. 나이가 들수록 사랑하는 사람과 진심을 주고받는 게 얼마나 큰 기쁨인지 알아간다.

행복을 주는 마법의 주문

IMF 이후 집이 경매에 올라가면서 우리 가족은 길거리로 쫓겨나게 됐다. 어렵게 구한 낡은 단칸방에서 다섯 식구가 살았다. 당시 나는 중학교 2학년이었다. 전기세를 아끼기 위해 이불 속에서 밥을 꺼내 먹고, 입김이 나오는 차디찬 방에서 잠을 자야 했다. 한

겨울에도 찬물로 샤워를 했는데 하루는 너무 추워서 도저히 못 씻겠다고 울기도 했다. 그럼 엄마는 큰 주전자에 물을 끓여서 찬물과 섞어줬다. 빚쟁이는 일주일이 멀다하고 찾아와 늘 소란을 일으켰다. 드라마에서나 나올 법한 "몇 살이니? 예쁘게 생겼는데 아저씨한테 시집 올래?"라고 말하는 조폭 아저씨들이 실제로 있었다.

당시 남동생은 비염이 심했는데 의료 보험료를 못 내서 병원에 갈 수가 없었다. 대신 약국을 자주 갔는데, 이미 동네에 우리 집 소문이 파다하게 퍼진 바람에 그마저도 조심스러웠다. 한번은 약사 선생님이 엄마에게 "요즘은 괜찮냐"고 물은 적이 있다. 엄마는 "동네 창피해서 어디를 못 가겠다"며 눈물을 흘렸다. 약사 선생님은 그런 엄마를 물끄러미 바라보다 남동생의 생년월일을 물어봤다.

"아드님이 나중에 국무총리까지 할 귀한 사주예요. 천만금 같은 귀한 아들을 얻었는데 지금 겨우 백만금 포기 못 하겠어요? 지금 당하는 설움도 나중에 다 갚아줄 거예요. 조금만 힘내세요."

약사 선생님이 언제 약학에 역학까지 공부하신 건지는

모르겠지만, 아마 어떤 사주가 나왔어도 긍정적으로 해석해줬을 것이다. 남의 집 아들의 사주가 궁금해서 생년월일을 물어본 게 아니라, 엄마를 위로해주기 위해서였으니 말이다. 그 덕에 엄마는 힘들 때마다 '그래! 내가 천만금 같은 아들을 얻었는데 이까짓 가난쯤이야!'라고 마음을 다잡으며 힘을 냈다. 약사 선생님의 말 한마디가 엄마에게 행복을 주는 마법 주문이 된 것이다.

상담사는 근심과 불안이 나를 잠식할 때면 본인과 주변 사람들이 잘됐을 때의 모습을 구체적인 이미지로 상상해보라고 주문했다. 그러면 놀랍게도 그렇게 변하면서 나를 힘들게 한 불안감이 사라진다고 했다.

"믿을 수 없겠지만 그런 훈련을 해보세요. 그러면 마치 마법의 주문처럼 나도, 주변 사람들도 모두 행복해집니다. 부정적인 상상을 계속하면 끝이 없어요. 지옥은 내가 부정적인 생각을 멈추지 않는 한 계속됩니다. 행복도 마찬가지예요. 고작 이게 전부일 것 같은 행복도 내가 꿈꾸고 바라면 더 큰 행복이 찾아와요, 분명."

처음에는 이런 훈련법이 말도 안 된다는 생각에 집중도

잘 못하고 구체적으로 이미지화한다는 것이 낯설었다. 대신 책에서 보고 와 닿은 글귀나 드라마에 나온 멋진 대사들을 핸드폰에 메모하고, 언젠가 이런 말을 할 내 모습을 상상했다. 그러다보니 요즘에는 점점 구체적으로 상상할 수 있게 됐다.

윤기 나는 긴 파마머리에 보라색 니트를 입은 내가 일을 하고 있다. 나는 따뜻하지만 우습지 않은, 편안하지만 막

대할 수 없는 신비로운 사람이다. 퇴근 후에는 엄마만큼 커버린 딸과 다정하게 팔짱을 끼고 우리끼리 박장대소하며 거리를 거닌다. 환하게 웃는 아이는 엄마를 자랑스러워하며 자신에 대한 믿음도 강하다. 그러다 주말이 되면 나는 아주 멋진 차를 운전하고 남편은 조수석에서 여유롭게 창밖을 내다본다. 딸은 뒷자리에 앉아 그런 엄마 아빠를 행복하게 바라보고, 그렇게 우리는 여행을 떠난다.

충분히 괜찮다

어느 날 딸이 가방에서 상장을 꺼냈다. '과학 경시대회 1위'라고 써 있었다. 우리 아이가? 깜짝 놀랐다. 시험을 주관했던 학원 선생님한테 전화가 왔다.

"어머니, 유나가 저번에 나갔던 과학 경시대회에서 마지

막 문제가 특히 어려웠어요. 대부분 학생들이 어려워서 포기했는데 유나 혼자만 그 문제를 끝까지 포기하지 않고 풀었어요. 유일한 만점자예요."

주책 맞게도 그 순간 눈물이 터져 나왔다. 다른 엄마들에게는 고작 상장 하나겠지만, 내게는 그 이상의 의미였다. 아이를 잘 키우고 싶다는 욕심, 아이를 잘 키워야 한다는 주변의 기대, 그러나 생각만큼 따라주지 않는 현실. 그 사이에서 죄책감을 느끼며 살아온 내게 충분히 잘하고 있다고 말해주는 것 같았다.

사실 아이가 초등학생이 되고 시험을 보기 시작하면서 내 어린 시절이 떠올라 늘 마음 한편이 불편했었다. 혼자 아등바등 감춰왔던 조바심이 수면 위로 드러났지만, 안도의 눈물을 흘릴 수 있어서 다행이고 감사했다. 아이는 내 걱정과 달리 제 나름의 그릇으로 잘 커나갔다. 내가 불안해할 때마다 아이는 매번 자신의 인생을 잘 살고 있음을 보여주며 엄마를 안심시켜줬다.

"엄마가 나를 잘 돌봐주니까 좋은 성적도 나오잖아. 고마워 엄마!"

"딸, 어쩜 그렇게 예쁜 말을 잘해? 선생님한테 배웠어?"

"아니! 엄마 딸이라서 그래."

우리에게 백마 탄 왕자님이 없는 것처럼 아이에게 완벽한 부모도 없다. 완벽한 엄마가 아니라도 너무 미안해하지 않았으면 한다. 아이에게도 미안해하는 엄마보다 행복한 엄마가 더 필요한 법이다. 때로는 서툴지만 아이와 함께 성장하려는 엄마는 아름답다. 부족한 엄마라서 미안하다는 생각이 드는 이들에게, 진부하지만 꼭 해주고 싶은 말이 있다.

"부족해도 괜찮아요. 그 마음만으로 충분히 괜찮은 엄마랍니다."

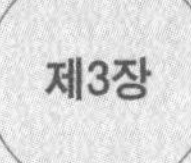

제3장

기대지 말고
기대하지 말고

스포트라이트를 비춰주는 이들에게

"선배님 축하드려요! 이번에 해외 단기 연수 가시게 됐어요!"

한 후배가 내게 다가와 말했다. 우리 회사의 해외 단기 연수는 일 년에 한 번씩 업무 평가가 좋은 직원에게만 주는 포상이라 전 직원이 욕심내는 복지 중 하나이다. 100여명 정도가 근무하는 한 본부에서 보통 한두 명 정도 가는데 부서장의 소속 직원 평가가 그대로 반영되기 때문에 꽤 예민한 사안이기도 하다. 나는 이미 2년 전 다른 명목으로 해외 연수를 다녀온 적이 있어서 이번에는 누가 갈까 궁금해하던 차였다.

이 대목에서 '네가 어떻게?'라는 생각이 들지도 모르겠다. 내 생각이나 행동이 주변을 실망시킬 때도 있지만 반대로 놀라게 할 때도 많다. 남들과는 다른 엉뚱한 생각이 창의적이거나 합리적일 때가 있는데, 이는 ADHD인 사람의 강점이기도 하다. 비뚤어진 소나무를 이상하게 보는 이들도 있지만 굽이짐을 아름답게 보는 이들도 있지 않은가. 물론 세상은 그리 호락호락하지만은 않아 소나무가 비뚤어지면 그것이 아예 무용하다고 보는 이들도 분명 존재하지만…….

"지금까지 우리 회사에서 2년 만에 해외 연수를 또 가는 사람이 어딨었어. 그냥 술 잘 먹어서 윗사람들이 예뻐하는 거지. 쟤 말고도 고생한 사람들이 얼마나 많은데, 자격이 되는 사람이 혜택도 누려야지. 집에서 아이나 제대로 돌보고 저러는지 모르겠어."

쉽게 내뱉는 말은 언제나 아프다. 소리는 공기 중에 몇 초 머물다 사라지기 때문에 그 전에만 내 귀에 들어오지 않으면 되는데 이런 말들은 대개 사라지지 않고 마음속까지 깊게 침투한다. 본래 뒷담화란 당사자의 감정 따위는 배려하지 않으니 그들에게 내 노력과 진실은 중요하지 않다.

이 일로 속앓이하는 내게 상담사는 생각의 초점을 다른 곳으로 옮기라고 조언했다. 무대 위에서 화려하게 스포트라이트를 받는 스타는 그만큼 시기와 질투도 받는다. 하지만 우리가 집중해야 할 것은 나에게 스포트라이트를 비춰주는 사람들이다. 무대 위에 설 수 있도록 조명을 밝혀주는 감독, 지지해주는 팬들에게 내 시선을 쏟는 게 더 좋다는 뜻이다.

타인의 행복에서 어떻게든 흠을 잡아내려는 사람은 어디에나 있기 마련이다. 우리 마음은 간사해서 누군가 슬퍼할 때 어깨를 내주는 것보다 기쁜 일에 함께 웃어주는 걸 더 어려워한다. 이 사실을 알면서도 막상 그런 일이 눈앞에 닥치면 태연하게 대처하지 못하고 감정이 앞서게 된다. 그렇다고 해서 부정적인 감정이 틀린 것은 아니다. 다만 분노를 표출했을 때 어떤 결과가 생길지 충분히 생각해보고 행동하는 것이 좋다. 누군가를 원망하는 감정은 나도 미숙한 사람임을 반증하는 것이니 내 감정의 근원부터 꼼꼼히 살펴봐야 한다.

무엇보다 부정적인 감정에 치우쳐 쉽게 놓치는 것이 있다. 바로 나의 가치를 알아봐주고 있는 그대로 인정해주는 사람들도 있다는 사실이다. 나를 싫어할 사람들은 내가 뭘 해도 나를 싫어한다. 하지만 다행히 이런 사람들은 내 인생에서 그다지 중요한 존재가 아니다. 내 뒤에서 나를 묵묵히 응원해주고 지지해주는 사람들이야말로 내 인생에서 잃지 말아야 할 가장 소중한 존재다.

기대지 말고

기대하지 말고

• 지하철이나 버스 문에는 '기대지 마세요' 스티커가 붙어 있다. 출퇴근길 사람들로 가득 찬 버스에서 손잡이를 잡는 것마저 힘들 때면 문에 살짝 기대고 싶어진다. 살짝, 아주 사알짝 기대볼까 생각하는 순간 어김없이 문이 열리고 사람들이 내리고 탄다. 내

가 너무 피곤하니 문에게 잠시 벽이 돼달라는 헛된 기대를 해버렸다.

기대지 말고, 기대하지 않아야 좋을 것이 또 하나 있다. 바로 인간관계다. 편한 상대를 만나면 한없이 그들에게 기대고 의지해왔다. 그러다보면 내 감정의 주인은 내가 아닌 상대가 돼버렸고 상대의 사소한 눈빛, 표정, 말 한마디에도 쉽게 상처받거나 행복해했다. 상담사는 사람에게 쉽게 마음을 주는 내게 '화이부동和而不同'을 알려줬다. 화이부동이란 다른 이와 사이좋게 지내기는 하나 무턱대고 어울리지 아니하고 모든 것을 함께하지는 않는다는 뜻으로, 적당한 거리 두기의 자세라고 할 수 있다.

"사람은 일관되지 않아요. 어떨 때는 나쁜 짓도 했다가 어떨 때는 좋은 짓도 하면서 그 평균값을 찾아가죠. 어느 한 순간을 보고 누군가를 판단하는 건 위험한 일이에요. 좋고 나쁨의 차이가 별로 크지 않은 사람도 있지만 격차가 큰 사람도 있기 마련이에요. 그럴수록 관계 속에서 내가 단단히 바로 서 있어야 합니다. 다른 사람에게 어떤 장단점을 발견했든 흔들리지 않고 나는 나대로 독립적으로 설 줄 알아야 해요."

나이가 들수록 내가 의지할 사람은 나밖에 없다는 사실을 깨닫게 된다. "힘들면 내게 기대"라고 말해주는 사람도 만나봤지만 기대가 크면 실망도 큰 법이다. 이제는 누군가 호의를 보이면 감사하게 생각할 뿐 섣부르게 기대거나 기대하지 않으려 한다.

서로의 감정을 공유하되 강요하지 않고, 서로의 마음을 들여다보되 적당한 거리를 둘 때 비로소 우리는 자신의 영역을 지킬 수 있고 타인과 건강한 관계를 맺을 수 있다.

거절할 줄 아는 용기

• 자두를 보면 떠오르는 사람이 있다. 우리 회사의 모 부장님. 어느 무더운 여름날, 그가 쩝쩝 소리 내며 자두를 먹더니 입에서 씨를 톡 꺼내 내 책상 모서리에 슬쩍 놓고 갔다. 뭘까. 회사 건물 화단에 가서 심으라는 걸까? 스칼렛 요한슨이 코 푼 휴지가 미국의

유명한 온라인 경매 사이트에 올라왔다던데 이건 사내 게시판에라도 올려줘야 하나.

하지만 나를 진짜 초라하게 만드는 건 자두 씨앗 따위가 아니다. 싫은 내색도 못하고 휴지로 씨앗을 감싸 휴지통에 버리는 내 자신이 더 싫다. 잘 보이고 싶은 마음 그 하나가 나를 이렇게 비참하게 만들었다. 내 속을 모르는 부장님은 그런 나를 보며 흡족해한다.

착하고 친절하고 열심히 일해야 인정받을 수 있다고 생각했다. 그런데 인정은커녕 옆 사람의 일도 내 일이 되고, 뒷 사람의 일도 내 일이 되는 상황이 벌어졌다. 그러다 내 앞에 떨어진 일거리들을 제대로 감당하지 못해 결국 팀장님의 불호령이 떨어졌다.

의도와는 다른 결과로 힘들어하는 내게 상담사는 모든 사건과 사고는 6개월 전부터 시작된다며, 과거를 돌아봐야 한다고 했다.

"모든 일은 거꾸로 돌이켜 볼 필요가 있어요. 왜 이런 일이 일어났는지 6개월 전을 생각해보세요. 또 거꾸로 생각하면 지금 아무런 문제가 없다하더라도 6개월 뒤를 내다보고 준비할 수 있죠. 저의 경우 같이 일하는 직원이 뭔가 그런 낌새를 보이면 일이 더 커지기 전에 괜히 한번 그 친구 일에 시비를 겁니다. 감정이 상하지 않는 선에서 체크하고 넘어가서 문제의 소지를 없애는 거죠."

6일 전도 아니고 6개월 전부터 쌓인 화의 근원이 무엇일까. 한참을 생각하다가 한 스님의 이야기가 떠올랐다. 인도 여행을 하던 스님은 구걸하는 아이들에게 1루피, 2루피씩 돈을 줬다. 어느 정도 돈을 받으면 다른 사람에게 가겠거니 했는데 스님에게만 더 열심히 구걸하더라는 것이다.

내게는 친절과 희생이 그 루피와 다름없었다. 처음 줄 때는 좋은 마음이었지만 계속 주자니 짜증나고 소모적인 것. 6개월 전 난 단지 루피를 줬을 뿐이다. 좋은 사람, 유능한 사원으로 보이고 싶은 마음에 내가 감당할 수 있는 한계를 생각하지 않고 무조건 웃으며 닥치는 대로 일을 도맡아 했다. 욕심만 앞선 결과, 돌아온 것은 팀 내 불화와 지친 마음뿐이었다. 처음부터 내 성향과 한계를 알고 헛된 욕심 없이 단호하게 거절했다면 지금쯤 조금은 더 편안한 마음으로 회사에 출근하지 않았을까.

나를 힘들게 하는 원인은 팀장님이 분노하는 지금이 아니라 처음 내가 잘 보이려고 무리하게 애썼던 그 순간에 있다. 눈에 보이는 것에 혹하고, 순간에 판단하는 나라서 예방이 어렵다. 그러나 알아차려야 한다. 나를 힘들게 하는 순간은 훨씬 더 이전에 있다. 6개월 후 똑같은 결과가 반복되지 않도록 지금 이 순간은 좀 더 치밀하게 바라보고 다가올 일들을 미리 준비해보겠다. 무조건 순응하기보다 평정심을 유지하고 단호하게 웃으며 거절할 줄 아는 것도 건강한 관계로 나아가는 길이다.

잠수함의 토끼를 위하여

• 행정 감사가 시작되면서 오랜 기간 잘못 처리해온 사안을 지적받았다. 모두가 묵인한 관행이었지만 대표로 징계받을 사람을 지명해야 하자 다들 나만 아니면 된다는 자세를 보이기 시작했다. 인수인계를 잘못 받아서 그렇다는 핑계와 함께 전임자가 차례로

지목되다가 결국 착하고 만만한 후배의 책임이 됐다. 팀장님은 그를 불러 왜 그랬냐고 다그쳤고 그는 다른 핑계도 대지 않고 죄송하다고만 하는데 나는 그 상황을 견딜 수가 없었다.

"업무 지침대로 처리하면 좋지만 현 시스템으로는 불가능하잖아요. 일을 처리하다보니 이렇게 된 거지 누구 한 사람의 잘못은 아니에요. 현실적으로 제약이 있어서 불가피하게 이렇게 처리해왔고, 앞으로 전산 시스템을 개선하겠다고 하는 게 나을 것 같아요. 감사관이 몇 시간을 조사하고 지적한 건데 담당자와 담당팀장이 전혀 몰랐다는 게 더 말이 안 되지 않을까요?"

팀장님은 내 말에 고개를 끄덕이며 그 후배에게 그만 자리로 돌아가도 좋다고 했다. 나는 힘없는 약자 편에 서는 게 익숙하다. 그런 이들을 보면 예전의 나 같아서 쉽게 감정이 이입됐다. (내 일은 저렇게까지 못 나서는 게 함정이지만.) 그 후배처럼 감정을 겉으로 드러내지 않고 갈등을 묵묵히 참는 사람들이 많다. 겉보기에는 착해 보이지만 그런 사람일수록 속으로 상처받는 경우가 많다. 한때 나도 그랬기에 그가 지금 정말로 괜찮은지 걱정됐다.

간혹 누군가의 호의를 자신의 권리인 것처럼 당연하게 받아들이는 사람들이 있다. 고마운 줄 모르고 호의를 베푼 사람들의 마음을 무시해버린다. 그러다 결국 착한 사람들은 상처를 입고 사회에서 사라지게 된다. 한때 롤 모델로 삼을 만큼 회사에서 만인에게 사랑을 받았던 선배는 인간관계에서 오는 스트레스를 견디지 못하고 결국 회사를 떠났다. 그래서 지금은 미련해 보일 정도로 매사에 열심이고 마음을 쏟는 후배들을 보면 걱정부터 앞선다. 굳이 저렇게까지 할 필요는 없는데.

상담사는 이런 사람들을 '잠수함의 토끼'라고 불렀다. 예전에는 잠수함에 이산화탄소를 측정하는 장비가 부족해 그 대용으로 토끼를 실었다고 한다. 토기는 후각이 민감해 공기 변화에 재빠르게 반응한다. 사람들이 산소가 없어지는 것을 깨닫기 일곱 시간 전부터 토끼는 예민하게 반응을 보인다. 그래서 승무원들은 잠수함 속 토끼의 상태에 따라 공기의 오염도를 가늠하고, 언제 다시 수면 위로 올라가야 할지 파악한다고 한다.

"세상에도 잠수함의 토끼 같은 존재들이 있잖아요. 그들은 상황을 넓게 보고 민감하게 반응해서 조직에 꼭 필요한 인재들입니다. 그 토끼들이 계속해서 살아남고 자신의 역량을 펼칠 때 건강한 조직이 되는 거겠죠. 조직에서 이런 사람들이 사라질 때 그 조직은 망하게 될 겁니다. 안타깝게도 조직이 클수록 그게 잘 들어나지 않아요. 그래서 높은 자리에 올라갈수록 이런 것들을 민감하게 잘 캐치해야 합니다."

남들보다 레이더망이 더 발달돼 솔선수범하는 사람들은 이 사회에서 존중받고 행복해져야 한다. 더는 우리 사회에서 잠수함의 토끼들이 다치지 않기를 바라는 마음으로 꼭 말해주고 싶다.

"당신이 내 곁에 있어서 정말 감사해요."

딱 그만큼이다

• 감정에 잡아먹힐 때가 있다. 그럴 때면 사소한 문제도 심각하게 느껴져 심해 속에서 허우적대듯 상황을 대처하게 된다. 상담사는 '겨우' 그런 일에 집착하지 말고 일상을 이어가길 바랐다.

"곧 회사에서 해외 연수 간다고 하셨죠? 내가 살고 있는 도시와 그 도시의 문화를 비교해보고 직접 느껴보세요. 그럼 내가 얼마나 시야가 좁았는지 알게 될 거예요. 우주인들은 지구가 얼마나 작고 약한 별인지 알고 깜짝 놀란다고 하네요. 현재 삶을 보는 시각을 넓히고, 높은 곳에서 조망하시길 바랍니다."

실제로 한 우주인이 "우주 공간에서 세계 지도자들이 정상 회담을 하게 되면 지구의 삶은 상당히 달라질 것"이라고 한 적 있다. 큰 그림을 보고 나면 더는 그 전과 같은 방식으로 생각하고 살아갈 수 없다는 뜻이다. 내 삶이 광활한 우주의 극히 일부라는 것을 받아들이면 지금 내가 하는 고민은 작게 느껴진다.

상담사의 조언을 딸에게도 알려주고 싶어 함께 120층 전망대에 갔다. 전망대에서 도로를 내려다보니 시내버스가 딸의 새끼손가락 손톱만큼 작게 보였다. 그 작은 버스 안에서 적어도 한 사람은 고민에 빠져 한숨을 내뱉고 있겠지. 그 한숨은 지금 여기선 느껴지지도 않을 만큼 작다. 딱 그만큼이다. 지금 내 고민도.

세상에
얼마나 힘들어

* 임신한 이후로 가장 마음이 힘든 날이었다. 막달이 되자 살은 살대로 찌고 피부도 트고 움직이는 것도 힘들어 왠지 모를 서글픔이 한꺼번에 몰려왔다. 한껏 꾸민 또래 여자들 사이에서 내 자신이 그렇게 초라해 보일 수가 없었다. 집에 가야 하는데 그날따

라 비까지 내려 택시도 잘 잡히지 않았다. 20분 째 택시를 기다리고 있는데 한 할머니가 내 앞에 끼어들더니 택시를 잡기 시작했다. 손님이 이미 타 있는 택시에도 손을 흔들며 멈추라고 하시는 모습을 보니 먼저 온 사람이 먼저 택시를 타야 한다는 상식은 통하지 않을 듯했다. 그러고 보니 할머니는 우산도 없이 비를 맞고 계셨다. 막달에 계속 서 있어서 힘들긴 했지만 나는 우산이라도 있으니 양보해야지 생각하고 한 걸음 물러섰다. 할머니는 저 멀리 빈 택시가 보이자 신호가 바뀌지도 않았는데 방방 뛰면서 "택시!!! 이리 와, 이리 와!"라며 소리를 지르셨다. 당연히 택시는 연신 손을 흔드는 쪽에 섰고, 나는 아예 그 쪽을 쳐다보지 않았다. 그때 할머니가 내게 다가왔다.

"이거 타고 가. 세상에 얼마나 힘들어."

불룩 튀어나온 배 때문에 허리가 아파 한 손으로 허리를 짚고, 다른 한 손으로는 우산을 들고 서 있었다. 그런 나를 보고 할머니의 마음이 급해져 사람이 있는 택시도 멈추라며 방방 뛰셨던 것이다.

내 편은 아무도 없는 것처럼 느껴지던 속상한 날이었는

데 그 와중에 만난 유일한 내 편이었다. 그 분의 배려와 응원을 보지 못하고 짧은 식견으로 함부로 판단해버렸다. 부끄럽고 죄송스럽고 감사한 마음이 한데 뒤섞여 눈물이 핑 돌았다.

우리는 세상의 전부를 보지 못한다. 보고 싶은 만큼만 본다. 이를 두고 불교에서는 자신의 마음으로 세상을 본다는 뜻에서 '내심외경內心外境'이라 하고, 기독교에서는 "세상은 나의 거울이다"라고 말한다.

"스스로가 싫은 점이 있는데요. 상담사 님께서도 많이 지적해주셨지만, 조급하게 판단하고 그것을 사실이라고 믿어요. 근데 그게 실제로 맞을 때가 있어요. 많이 맞아요."

"사람들은 본인이 맞는 것만 기억합니다. 틀린 것은 잘 기억하지 않죠. 내 생각과 감정은 내가 알지만 내가 어떻게 행동하는지는 다른 사람이 더 잘 압니다. 나에 대한 다른 사람의 평가와 내가 생각하는 내 모습을 조합할 때 가장 정확한 자기 모습을 볼 수 있는 거죠. 그것이 진정한 자기 성찰이에요."

부정할 수 없었다. 내 판단이 틀릴 때가 있다. 생각보다 많이. 그 사실을 인정한다고 해서 내가 하찮아지는 것은 아니다. 이 또한 '틀렸음'을 그대로 받아들이면 된다. 내가 보는 나와 남들이 보는 내 모습을 모두 인정하고 받아들이면 좀 더 성숙한 사람이 될 수 있다. 혼돈의 순간에서 조급해지는 내 마음을 바라보고 '아닐 수도 있다'는 생각으로 침착하게 대응해나가는 사람이 되고 싶다.

지금

여기에 집중

• 자신을 돌아보고 냉정하게 관찰할 수 있는 가장 좋은 방법은 낯선 곳에 나를 떠밀어 보는 것이다. 안 해보던 것을 하면 그동안 보지 못한 내 모습을 볼 수 있다. 익숙하지 않은 모습에서 나를 정확히 알고 발전시킬 수 있다.

휴직하고 나서 '크로스핏'을 시작했다. 크로스핏은 짧은 시간 내에 여러 종류의 운동을 강도 높게 소화하는 운동으로 정석대로만 하면 짜릿한 쾌감을 맛볼 수 있다. 운동을 시작하기 전, 내 안에서는 반발이 심했다. 어차피 해봤자 티도 안 난다, 지금 시작하기에는 이미 늦었다, 운동 신경이 없어 얼마 못 가 포기할 게 뻔하다, 그 시간에 잠을 더 자거나 재밌는 드라마를 보는 게 지금의 나를 위한 길이다, 온갖 핑계를 떠올렸다. 하지만 핑계는 인생에 도움이 되지 않는 법. 악마의 속삭임을 뒤로하고 체육관으로 나섰다. 특정 행동이 습관이 되려면 평균 21일이 걸린다는데 나는 두 달 정도 그 속삭임을 들었으니 얼마나 지독한 악마가 내 안에 있다는 말인가.

힘겹게 체육관에 도착해도 문제였다. 이러다 죽지는 않을까, 코치는 정령 나를 죽이려고 하는 걸까, 내가 그에게 뭘 밉보였나, 정신이 혼미해지는 와중에 나를 한심하게 볼까봐 또 눈치를 살폈다. 그러나 함께 운동하는 사람들은 "누구나 처음은 있다"며 나를 응원해줬다. 걷고 싶은 내 등을 밀어주면서 내 속도로 같이 뛰어주고, 기록을 재는 경기임에도 가장 잘하는 사람이 가장 끝에서 끌어주기도 했다.

운동을 하다보면 내 몸의 어느 근육이 움직이고, 어디에 힘이 들어가는지 느낄 수 있다. 힘들 때는 가쁘게 쉬는 숨소리만 들렸다. 숨을 크게 쉬면 그 숨이 나를 어떻게 통과하는지 느껴졌다. 아무 생각 없이 나의 몸과 숨소리에만 집중했다.

긴장 상태에서 벗어나기 위한 방법으로 정신과 전문의들은 명상을 추천한다. 잡념을 흘려보내고 호흡에 집중하면서 긍정적인 에너지가 내 안에 들어오고 있음을 느끼라고 한다. 하지만 가만히 앉아 눈을 감고 온전히 나에게 집중하는 것이 어려웠다. 내게는 거칠게 몰아쉬는 숨과 내 몸을 느끼는 운동이 일종의 명상이었다. 운동을 하는 순간 육체와 영혼은 '지금 여기에' 집중할 수밖에 없었고 그제야 비로소 내 육신을 느끼고 사랑할 수 있었다.

마음이 아프면 생각이 현실에 있지 않다. 몸은 여기에 있지만 정신은 과거에 계속 머무르며 아파하고 불안해한다. 몸과 마음이 따로 있기 때문에 우울감을 느끼게 된다. 새로운 일에 도전하는 것은 그런 잡념을 떨쳐버리고 내가 서 있는 바로 지금 여기에 집중하게 해준다. 쓸데없는 걱정거리를 만들어내느라 힘든 내 머리가 쉴 수 있는 최고의 휴식 시간이 됐다.

마음을 여유롭게

• 어떤 일을 끝까지 끈기 있게 해냈을 때 스스로에게 놀라고 감탄하는 편이다. 그럴 때면 "이것 봐요! 저 이런 사람이에요! 해냈다고요!" 소리 지르며 주변 사람들을 얼싸 안고 춤이라도 추고 싶다. 별똥별 쇼처럼 보기 드문 순간이라서 많은 이에게 나의 반

짝거림을 보여주려는 마음이다.

그렇게 실컷 자랑을 하고 나면 누군가가 나를 재수 없게 볼까봐 뒤늦게 걱정한다. 애초에 자랑을 하지 말든가 아니면 나중에 걱정을 하지 말든가 하나만 하지, 매번 선 자랑 후 후회다.

상담사는 모든 감정은 자석처럼 상반된 끈을 가지고 있기 때문에 그렇다고 말했다. 질투와 무시, 비난과 칭찬, 겸손과 자만은 같은 끈을 가진 감정이라 이 감정이 아니면 저 감정으로 연결된다. 겸손하려고 노력한다는 것은 스스로가 자만하기 때문이고, 질투를 살까봐 조심한다는 것은 한편으로는 질투를 바라는 마음이 있다는 반증이다. 그러니 상담사는 그런 감정의 끈이 아닌 더 높은 차원의 것을 바라보라고 권했다.

"일반적으로 사람들은 투자에 실패하면 금방 태도를 바꿔서 투자 자금을 쏙 빼가기 쉽죠. 그런데 유대인들은 후대를 위해 돈이 된다고 생각하면 실패해도 좋으니 한번 해보라며 믿고 기다립니다. 성공할 때까지 장기 투자를 하는 거죠. 결국 돈과 사람은 자신을 믿고 기다렸던 투자자에게 돌아가게 돼 있어요. 유대인들은 그렇게 세상을 움직입니다."

상담사는 세계의 정치, 경제를 이끄는 유대인의 자세에 대해 설명했다. 유대인에게 진정한 부는 손으로 잡을 수 있는 돈이 아니라 '마음의 여유로움'이다. 남에게 베풀고, 자신의 삶을 적극적이고 긍정적으로 대하는 자세가 그들이 말하는 부의 시크릿이다.

큰 열매를 수확하기 위해서는 땅을 일구고 종자를 뿌리고 충분한 빛과 물을 공급해야 한다. 고되고 번거롭지만 반드시 거쳐야 하는 경작 과정이다. 눈앞에 산더미처럼 쌓인 살림과 육아에 대해 초조하고 불안한 적이 많았다. 그때마다 자신감도 많이 잃었는데 나의 시선을 멀리하면 이쯤은 '통과의례'로 생각하고 극복할 힘이 생긴다는 것이다.

그동안 눈에 보이는 대로 판단하고 그러다 후회하기를 반복했던 나의 마음은 참 가난했었다. 눈에 보이지 않는 마음을 부자로 만드는 건 백만장자가 되는 것보다 어렵겠지만 행복해지는 비결인 것은 확실하기에 오래 걸리더라도 내 마음의 숨구멍을 내주고 싶다.

엄마의 마음으로 나를 지킬 것

• 실수가 잦을수록 타인의 조롱이나 비난에 쉽게 무기력해지고 익숙해진다. 누가 뭐라 하지 않아도 이미 스스로가 못났다고 생각하기 때문에 다른 사람들 앞에서 작아지는 나를 그저 방치하게 된다. 어쩔 땐 내게 기대를 거는 것보다 무시하는 시선이 편하기

도 하다.

그런데 내 딸이 이런 일을 당했다 하더라도 이렇게 무작정 참았을까? 내 아이가 울면서 집에 돌아오면 "이번만 참으면 다음엔 안 그럴 거야" 하고 웃어넘기는 엄마는 없다. 행여나 유치원이나 학교에서 놀림을 받지 않는지, 친구들과 잘 어울리는지 걱정을 안 할 수가 없다. 그래서 아이가 귀가하면 오늘은 별일 없었는지부터 묻는다. 혹시나 우리 딸이 밖에서 기죽을 만한 일은 없었는지, 마음을 다치게 한 친구는 없었는지 한 번 더 확인해야 안심이 된다.

내 딸에게 자괴감을 주고 자존감을 깎아내리는 사람들이 있다면 좋게 넘어가지 않을 것이다. 때로는 격하게 변호할 수도 있고, 이 악물고 웃으면서 한마디 던질 수도 있다. 마주본 상대와 어색한 적막이 흐르겠지만 내 딸이 '그래도 되는 사람'으로 취급받는 것보다 나을 테니까.

이렇게 한없이 착하지도, 그렇다고 참을성이 많은 것도 아닌 내가 왜 나에게만큼은 이토록 관대한 걸까. 나를 향한 공격에는 왜 그렇게 힘없이 바보처럼 굴었을까. 내 딸의 일이라고 생각하면 두 주먹부터 불끈 쥐게 되고, 당장이라도 뛰쳐나가는 것처럼 엄마의 마음으로 나 자신을 지켜야 한다. 내 몸뚱이 하나 제대로 지키지 못한다면 인생을 사는 이유가 무엇이 있겠는가.

엄마는 신이 아니다

• 예능 프로그램 <라디오스타>에서 워킹맘 특집을 방송한 적이 있다. 배우 이윤지가 "결혼을 하고 나니 회식이 너무 좋아져서 짧게라도 참석한다"고 했는데 정말 공감이 갔다. 나 역시 아줌마가 되고 나니 회식이 좋아졌다. 아이가 아닌 어른들과 이야기하는 것도

좋고 공짜 술이라 그런지 쭉쭉 잘도 들어갔다. 그래서 회식은 남편과 스케줄을 의논해 가능하면 참석하는 편이다.

그렇다고 엄마가 된 후 회식 자리에 앉아 있는 일이 매번 즐거웠던 것만은 아니다. 뮤지컬 배우 김지우는 "공연을 끝내고 회식을 하는데 주변 테이블에서 엄마가 애는 안 보고 남자 배우들이랑 술이나 먹고 있냐는 비난을 듣고 상처받았다"고 했다. 역시 남일 같지 않았다. 아이 있는 여직원이 회식에 참여하는 자체를 비난하는 사람들이 있다. 아이를 키워본 적도 없고 엄마의 마음을 가늠조차 못하면서 모성애가 부족하다며 감히 지적을 해댄다.

육아 휴직을 끝내고 복귀한 후 첫 회식 자리에서 계속 시계를 봤다. 아이가 잠들 시간인데 엄마 없이 잘 자고 있는지 걱정됐다. 집 앞에 도착해 시간을 보니 이미 아이가 잘 시간이 한참 지나 있었다. 제발 아이가 깨지 않길 바라는 마음으로 조심스레 현관문을 여는 순간, 방에서부터 "엄마!" 하면서 아이가 뛰어나와 술과 고기 냄새에 찌든 내게 안겼다.

"왜 이 시간까지 안 자고 기다렸어. 이제 자러 가자."

침대에 아이를 눕히고 뽀뽀를 해주자 아이는 기다렸다는 듯 스르르 눈을 감는다. 안방에 가 남편을 보니 재우라는 아이는 안 재우고 본인 스스로를 재웠나보다. 아이는 깜깜한 방에서 엄마의 빈자리를 느끼며 내가 오기만을 기다렸던 것이다.

하지만 엄마의 역할은 나의 일부이지 전부가 아니다. 일하는 엄마도 자기 회사가 어떻게 돌아가는지 알아야 하고, 동료에 대한 오해가 있으면 편한 분위기에서 풀고 싶다. 힘들고 짜증나는 일이 있을 때 상사와 회사를 안주 삼아 술 한잔하는 자리도 필요하다. 어려운 일을 극복하거나 중요한 프로젝트가 무사히 끝나서 서로를 격려해줄 때도 회식은 좋은 자리가 돼준다.

여자는 약하지만 엄마는 강하다고 말한다. 하지만 엄마는 신이 아니다. 나는 사람들이 부는 휘파람에도 갈대처럼 흔들렸다. 엄마는 못하는 일이 없다지만 여전히 나는 살림과 요리가 어렵다. 사회가 요구하는 엄마의 역할과 내가 현실적으로 할 수 있는 엄마의 역할 사이에는 괴리감이 크다. 하지만 그냥 이렇게 살아가려 한다. 적당히 쉬고, 적당히 먹고, 때로는 엄마가 아닌 나 자신을 돌보이며 살아야 아이에게도 너답게 마음껏 살라고 말해줄 수 있을 테니 말이다.

나는 생각보다 괜찮은 사람이다

"선배님 감사해요."

팀 회식 자리에서 나보다 나이가 많은 후배와 술잔을 기울이는데 그가 조심스럽게 내게 말했다. 갑자기 이 아저씨가 왜 이러나 당황스러워 쳐다봤다. 그 후배는 회사에서 가장 까다로운 업무인 유통인 이전을 담당하고, 이후에는 회사의 대외 보고서를 작성하는 TF팀에 들어간, 소위 말하는 잘나가는 직원이다.

"저 사실 다른 팀에서 근무할 때 이리저리 후배들한테 일 떠넘기는 선배들 때문에 신물이 났었어요. 젊은 시절 자신들은 고생했으니 이제는 너네 차례라고 당당히 말하는 선배들을 보면 저 역시 일할 맛이 안 났어요. 이 팀이 되고 나서 선배님을 만났는데 어떤 일을 맡겨도 안 피하고 다 하시는 거예요. 절대로 못하겠지 싶은 일도 꾸역꾸역 맡아서는 결국 해내셨잖아요. 처음에는 그런 선배가 사실 답답했거든요. 근데 이게 한 번이 아니라 지속되니까 선배가 주는 강한 여운이 있었어요."

전에 그 후배가 내게 와서 노조 간부 자리를 제안받고 고민이라고 말한 적이 있다. "그냥 해. 하고 나면 생각보다 재미있을 거야"라고 호쾌하게 웃으며 힘을 줬었다. 그때 그는 선배 말을 믿어보자는 마음으로 닥친 일을 하나둘 해냈고 지금은 진짜 자신감이 생겼다며 귀감이 돼줘서 고맙다고 마음을 전했다.

입에 바른 말이야 살면서 많이 들어왔지만 그의 진심어

린 말에 말문이 막혔다. 뜻밖의 감동이었다. 후배와 내가 본 건 똑같은 나였다. 하지만 내 눈엔 바보 같은 모습이 후배에겐 존경할 만한 사람으로 비춰졌다. 똑같은 사람의 똑같은 행동을 보고도 생각하는 것이 전혀 달랐다. 스스로가 좋은 모습을 보지 못하고 사랑하지 않았을 뿐이다. 나는 내가 생각한 것보다 더 멋지고, 더 반짝이는 사람일 수도 있다. 그러니 내 자신을 조금만 더 예쁘게 봐줘도 되지 않을까.

ADHD를 고백한다는 것에 대하여

ADHD라는 사실을 주변에 고백하는 순간을 상상하면 진땀이 난다. 최근 한 예능프로그램에서 인기 만화가인 기안84가 ADHD임을 고백했다. 힘들다고 울거나 감정에 호소하기보다 평소 그의 말투 그대로 덤덤하게 말했다. 사람들은 그동안 그의 빛나는 노력을 지켜봐왔던 만큼 그의 아픔을 함부로 대하지 않았다. 처음 내가 ADHD임을 남편에게 고백했을 때 그 역시 대수로운 일이 아니라는 듯 반응했다.

"아무것도 아니라고 생각하면 아무것도 아니야."

당시 나는 두려움이 앞섰던 탓에 별것 아니라고 덤덤하게 말하는 그에게 서운했지만 이제 이 말은 내 인생의 주춧돌이 됐다. 남편은 그 누구보다 나를 있는 그대로 봐준 사람이다. ADHD에 대한 사회적 편견이나 환자 프레임에 나를 가두지 않고, 자신이 봐온 내 모습을 믿었다. 흔들릴 때마다 남편의 말을 되새긴다. 아무것도 아니라고 생각하면 정말 아무것도 아니야.

ADHD라서 힘들 때도 있지만 특별할 때도 있고 남들보다 조금 더 재미난 인생을 사는 것 같다. 하지만 나의 병을 고백하는 것은 여전히 조심스럽다. 어떤 병은 그 자체로 받아들여지지 않고 게으름, 산만함, 모자람, 변명, 핑계 따위로 비춰지곤 한다. 아무리 내가 진실을 말한다고 해도 사람들은 자신이 쌓아온 편견에 따라 세상을 판단한다. 내가 잘하든 잘못하든 내 인생의 주홍 글씨가 될 것 같다면 굳이 말하지 않아도 괜찮다.

주변에 털어놓기로 결심했다면 어느 선까지 어떻게 이야기할지 잘 판단해야 한다. 도움을 받고 싶다면 지원 내용을 구체적으로 전달하면 된다. 새로운 환경에 적응하는 데 어떤 도움이 필요한지 세부적으로 알려줘서 서로가 힘든 상황이 오지 않도록 타협하는 것도 현명한 방법이다. 심리적인 문제라고 하면 정신분열이나 소시오패스 같은 것을 생각하기 쉬우니 인격이나 양심, 지능에는 전혀 문제가 없다고 반드시 짚어주는 게 좋다.

가장 중요한 건 기대하지 않는 마음이다. 상대가 내 아픔을 알게 됐다고 해서 반드시 나를 배려하고 이해해줄 의무는 없다. 내가 바라던 선의가 돌아오지 않아도 '그래도 괜찮다'는 무심함을 가져야 한다. 모든 사람이 각자의 짐을 안고 살아가고 있으니 타인과 나를 공정한 마음으로 대해야 상대도 나를 진심으로 대해준다.

"그런 일이 있으면 진작 말하지 그랬어. 혼자서 많이 힘들었겠다."

나를 사랑하고 아껴온 몇 명의 사람들은 이렇게 말해줄

것이다. 그래서 우리는 그들에게 더 잘해야 하고, 더 많은 시간을 함께하며 사랑을 주고받고 행복을 느껴야 한다. 당신의 주변에 그런 사람들이 많기를, 그래서 불완전한 서로가 서로에게 힘을 돼주기를 바란다.

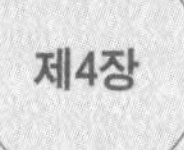

제4장

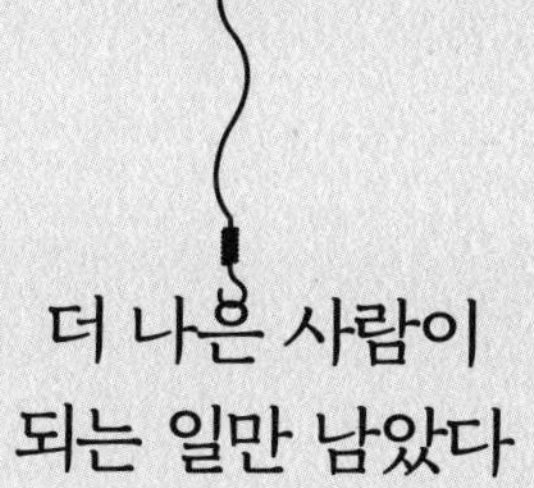

더 나은 사람이 되는 일만 남았다

인생이라는 링 위에 홀로서기

• "그동안 살면서 어떻게 한 번도 엄마한테 반항하지 않을 수 있었나요?"

"엄마가 저를 혼낼수록 문제는 내 안에 있다고 생각해서 스스로를 원망해왔던 것 같아요."

"은이 씨가 착한 역할만 하는 데에는 이유가 있을 거예요. 스스로가 왜 좋은 사람이 돼야 한다고 생각하는지 그 이유를 알아야 해요.

상담사는 내가 부정적인 상황을 표현할 때 수동형을 쓴다고 지적한 적이 있다. '착한 역할'과 '좋은 사람'은 수동형과 같은 맥락에서 나온 말이었다.

"인생의 과정 안에서 책임을 떠넘기지 않는 경험이 많아져야 해요. 그럴수록 홀로 설 수 있어요. 은이 씨는 내가 잘한 행동에 대해서는 엄마에게 미움받지 않기 위해서 그랬다 말하고, 내가 잘하지 못한 행동은 엄마에게 실망을 줬다고 말해요. 이해되시나요? 자기 자신에 대한 책임감을 살짝 피해간 거예요."

"저를 이루는 모든 걸 다 엄마 때문이라고 생각한다는 뜻인가요?"

"그렇죠."

힘든 상황에서 여러 가지를 도전하고 해냈기에 스스로가 독립적이라고 생각해왔다. 그런데 "진짜 네가 원하는 인생을 살아왔냐"고 묻는다면 눈물부터 나올 것 같다. 어린 시절 내게는 미움받을 용기가 없었기 때문에 엄마의 기쁨조가 되려고 노력했다. 기쁨이 될 열매를 끊임없이 맺었지만, 그 열매의 주인은 내가 아니었다. 나는 알 수 없었다. 갑작스럽게 밀려오는 허무함의 이유를. 내가 이뤄온 모든 게 사상누각沙上樓閣처럼 느껴지는 불안감의 원인을.

"은이 씨는 자기 노력으로 성취를 했으면서도 내 것이라 생각하지 않아요. 성취의 기본적인 동기가 사랑받기 위한 행동이지 내가 원해서 한 건 아니었으니까요. 그래서 지금까지의 성과에 만족하지 못하고 작은 실수에도 다 잃어버릴 것만 같은 두려움을 갖는 거고요."

어린 시절 엄마가 원하는 대로 살아가기로 마음먹은 건 나였다. 하지만 어른이 된 지금도 다른 사람들에게 인정받기 위해 노력하는 삶을 살아왔다. 그 습관 그대로.

"성인이 된다는 건 책임감을 갖고 행동한다는 뜻입니다. 창피하든 자랑스럽든 내가 원하는 일을 할 때 내 삶에 당당해질 수 있어요. 이것을 '자기 통제감'이라고 합니다. 내 삶을 내가 결정 내리고 그 결과도 내가 관리하는 거죠. 이 자기 통제감을 잃을 때 사람들은 우울과 불안을 느낍니다. 성공적인 삶을 살았음에도 타인의 눈치를 보며 살아가는 거예요."

엄마 때문에 힘들었다고 말하면서도 엄마를 내 삶에서 분리시키지 못했다. 어쩌면 그게 내 책임을 피하기 위한 가장 편한 방법이었는지도 모르겠다. 책임을 진다는 건 무섭고 무거운 일이니까. 하지만 이제는 그런 삶을 중단해야 했다. 수동적으로 끌려가는 삶을 자처하기보다 인생이라는 링 위에 홀로 설 것이다. 뜻대로 되지 않아 세상이 나를 버린 것 같아도, 어디로 가야할지 방향을 잃어 만신창이가 된다하더라도 홀로 일어나 내가 가진 자유를 만끽하고 싶다. 그 자유에 대한 책임을 외면하지 않는 한 나는 내 인생의 챔피언이니까.

내일은

잭 스패로

* ADHD를 가진 사람들은 잦은 실패로 인해 자기 긍정감이 낮고 감정적인 행동 때문에 인간관계에 서툰 편이다. 나 역시 누군가와 갈등의 조짐이 보이는 순간 그 관계에서 도망치기 바빴다. 그렇게 숨어서도 내가 잘못한 점들을 굳이 찾아내 자책했다. 상

담사는 그런 내게 재밌는 이야기를 들려줬다.

피상담자를 만날 때마다 그 사람의 장점을 발견해서 어울리는 이미지를 상상하면 언젠가 정말로 그렇게 멋진 사람이 돼 있다는 것이다. 문득 나는 궁금해졌다. 나는 어떤 사람이 될 수 있을까? 어떤 장점이 내게 숨겨져 있을까?

"저는 은이 씨를 보면서 영화 〈캐리비안의 해적〉의 잭 스패로 선장이 떠올랐어요. 규정되지 않았지만 매력적이고, 매사에 건성인 것 같지만 꽤나 진지하고, 천진난만할 때도 있지만 주변을 압도하는 강인함을 갖고 있어요. 그래서 누구도 해석하기 어려운 잭 스패로처럼 은이 씨도 그렇게 변해갔으면 좋겠습니다."

나를 건강하게 발전시키는 가장 쉬운 방법은 인생의 롤모델을 설정하는 것이다. 닮고 싶은 모델의 행동과 말투, 표정을 따라하다 보면 어느새 그 사람의 느낌이 나고 원하던 이상형으로 바뀔 수 있다. 집으로 돌아와 영화 〈캐리비안의 해적〉을 다시 봤다. 어쩐지 전보다 잭 스패로에 더 감정 이입이 됐다. 상담사가 나를 보며 잭 스패로를 떠올렸다는 것은 어쩌면 내 안에 나도 모르는 멋진 장점이 있다는 뜻이지 않을까. 남들이 내게 '특이하다'고 하는 부분을 조금만 세련되게 바꾸면 나도 제법 괜찮은 사람이 될 것만 같다. 가만히 있어도 느껴지는 존재감, 코믹함 속에 묻어나는 카리스마. 진정 그런 사람이 되고 싶다.

재치 만점

매력 만점

• 아이에게 인조 모피 코트를
사준 적이 있는데 참, 누구 집 자식인지 꽤나 귀티가 났다. 뿌듯한 마음으로 사내 어린이집으로 아이를 보내고 나는 회사로 출근했다. 오후에 커피를 마시며 창밖을 내다보는데 함박눈이 펑펑 내리고 있었다. 창문으로 본 하얀 세상은 천국이 따로 없었다. 바깥의 아이들은 눈을 만져보기도 하고 먹어보기도 하며 천사처럼 사랑스럽게 놀고 있었다.

그중 한 아이가 눈을 소복이 쌓아둔 곳에 한 치의 망설임도 없이 뛰어들더니 영화 〈러브 스토리〉 주인공처럼 눈에 몸을 굴리며 하늘의 선물을 만끽하고 있었다. '저 집 엄마, 오늘 빨래하느라 고생 좀 하겠다' 생각하는데 귀티 나는 저 코트, 저거 내 딸이구나!

굳이 안 해도 될 일을 해맑게 해내는 저 모습, 어린 시절 나와 똑 닮았다. 초등학교 등굣길에 뜬금없이 맨홀 뚜껑이 얼마나 단단한지 궁금해졌다. 그게 왜 궁금했던 건지, 그 위에서 쿵쿵 뛰다가 맨홀 뚜껑이 뒤집어지는 바람에 밑으로 쑥 빠진 적이 있다. 그 와중에 놀라운 기지를 발휘해 겨드랑이가 찢어져라 두 팔을 위로 벌려 땅에 간신히 걸친 채 바닥으로 떨어지지 않고 119를 기다렸다. 아무도 안 하는 데에는 이유가 있는 법이거늘, 이후에도 끝없는 호기심 때문에 여러 군데 상처 나고 깁스도 하고 이상한 피부병도 걸렸었다. 내가 미스 코리아 대회에 못 나간 것은 아마도 그 때문이리라.

그럼에도 호기심을 가지고 한 가지 일에 몰두하는 것은 꽤 근사한 듯하다. 같은 장애를 가진 사람들 중 인류의 행복에 기여한 유명인들이 많다. 정신과 전문의들에 따르면 영화배우 짐 캐리, 브룩 쉴즈, 영화감독 스티븐 스필버그, 화가 빈센트 반 고흐, 수영 선수 마이클 펠프스, 작가 톨스토이, 정치가 윈스턴 처칠 같은 사람들도 모두 ADHD 증상을 보였다고 한다. 그들처럼 이왕이면 좋은 것에 빠져 살고 싶다. 도박이나 성형, 알코올, 게임에 중독돼 힘들어하는 사람들도 있는데, 쉽지만 잘못된 것보다는 어려워도 바른 가치를 추구하면서 살아가고 싶다.

아이에게도 '하지마'라는 말보다 '해봐라'는 말을 더 많이 해주고 있다. 인생 뭐 별것 있나. 덕분에 주변 어른들에게는 많이 혼났지만 아이는 새로운 도전을 두려워하지 않고 긍정적으로 받아들이면서 제 나름대로 자신만의 세계를 다채롭게 꾸려나갔다.

겁내고 걱정하면서 아무것도 시도하지 않은 것보다 궁금하면 솔직하게, 서툴러도 당당하게 일단 해보는 것이 멋지다. 아이가 그러하길 바라듯, 나 역시 내 꿈에 솔직하고 꾸밈없이 도전하면서 진정 나다운 길을 찾아서 걷고 싶다.

수면제와 ADHD 치료제에 대하여

• 수면제를 먹는 기분은 썩 유쾌하지 않다. 수면제가 있어야만 잠을 잘 수 있는 내 삶이 어쩐지 가엾고, 인생의 패배자가 된 것만 같다. 수면제를 복용하고 잠에 들면 수면의 질도 높지 않다. 자고 일어나면 피로가 싹 가시는 상쾌함이 아니라 잠에서 덜 깬 것

처럼 하루 종일 흐리멍덩하다. 수면제의 부작용 때문에 힘들었지만 그때는 수면제를 먹지 않으면 아예 잠을 잘 수 없으니 차악을 택하는 수밖에 없었다.

영화 〈인크레더블2〉에서 시민들을 돕는 슈퍼히어로의 합법화를 반대하는 장면이 나온다. 그때 나온 대사가 인상적이었다.

"히어로에게 의지하려는 시민들의 생각이 오히려 그들을 약하게 만든다."

수면제는 내게 그런 존재였다. 수면제 한 알에 오늘 하룻밤은 맡길 수 있지만 매일 밤 약에 의존하는 순간 결국 내 힘으로 내 삶을 지탱할 수 없게 된다. 인생이 무기력해진다. 인생의 무게가 버겁다면 임시방편으로 최대한 단기간 복용하는 게 좋다.

ADHD 치료제는 나의 경우 약을 복용한 지 1년 6개월쯤 후에 서서히 효과가 나타났다. 약을 먹기 전보다는 침착하고 진지하게 행동하는 것 같다. 하지만 이 모든 게 약 때문이라고는 할 수 없다. 일상의 불편함을 줄이는 개인의 노력이 가장 중요하다. 물론 부작용도 있었다. 약을 복용한 직후 급격히 몸의 힘이 떨어지면서 잠이 쏟아졌다. 의사에게 말하니 흔하게 나타나는 부작용은 아니지만 부작용을 작용으로 만들면 된다며 잠자기 전 저녁에 먹을 것을 권유했다. 그래서 약을 먹고 잠에 든다.

모든 약이 그렇듯 ADHD 치료제도 쉽게 생각하면 안 된다. 혹자는 ADHD 치료제를 먹으면 집중력이 올라가 공부를 잘하게 된다고 믿는다. 그로 인해 수능이나 중요한 시험을 앞두고 약 처방 건수가 늘어나 지금은 약을 처방받는 절차가 전보다 까다로워졌다. ADHD 치료제는 공부 잘하는 약이 아니다. 누군가에게는 살아가는 데 꼭 필요한 약이지만 초능력을 바라는 자들에게는 자칫 잘못하면 독이 될 수 있으니 유의해야 한다.

숲과 나무를
함께 볼 수 있기를

나무를 보지 말고 숲을 보라. 누구나 한 번쯤은 들어봤을 명언이지만 몸소 실천하기란 쉽지 않다. 상담사도 수차례 내게 숲을 보라며 조언했지만 그게 안 되니 결국 병원에 온 것 아닌가. 상담사는 그런 내게 '마인드맵 그리기'를 제안했다.

마인드맵은 영국의 언론인 출신인 토니 부잔Tony Buzan에 의해 개발됐다. 인간의 뇌는 생각의 꼬리에 꼬리를 물고 내려오는 탑다운 방식을 취하는데, 이를 문서화해놓은 가장 직관적인 도구가 마인드맵이다. 중심에 핵심 주제를 적고 방사형으로 추가 설명을 그리며 뻗어나가다 보면 머릿속 복잡한 생각을 한 눈에 볼 수 있어 좋다.

프랑스의 유명한 심리 치료사인 크리스텔 프티콜랭Christel Petitcollin도 저서 《나는 생각이 너무 많아》에서 사고방식이 뒤죽박죽인 우뇌형 사람들에게 마인드맵 그리기를 제안했다. 이를 통해 생각 창고를 정리하면 본인만의 멋진 서재가 될 수 있다고 말한다.

주말에 딸과 함께 인생의 고민들을 스케치북에 그리는 놀이를 했다. '행복'이라는 주제로 마인드맵을 그릴 때는 딸의 행복한 순간을 세세히 알 수 있어서 좋았다. '꿈'이라는 주제로 시작하면 최종 목표를 정하고 점점 현실로 내려와 지금 내가 할 수 있는 것들이 뚜렷해진다. 그럼 일상의 사소한 성취감을 경험하며 조금씩 목표를 향해 달려갈 힘을 얻게 된다.

나를 주제로 마인드맵을 만들어나가다 보니 내가 자랑하고 싶은 순간도, 내가 싫은 순간도 결국 '나'라는 나무의 수많은 가지 중 하나에 불과하다는 것을 알게 됐다. 바람이 세게 불면 흔들려 힘들 때도 있었지만 그래도 이만큼 견뎌온 것은 나는 수많은 가지를 품은 나무였기 때문이다. 나무를 보지 말고 숲을 보라고들 하지만, 숲을 그리는 과정에서 그 숲속 수많은 나무, 그 안에 있는 벌레까지도 한 눈에 볼 수 있었다.

'나'라는 나무 한 그루를 그리다가 결국 모든 나무가 그러할 것이라는 생각에 이르렀다. 멀쩡해 보이지만 벌레가 파먹어서 시름시름 아파하는 나무도 있고, 가지가 너무 많아 작은 바람에도 휘청거리는 나무도 있을 수 있다. 큰 나무 옆에 가려져 잘 자라지 못하는 나무도 있고, 건강하게 잘 자라 유용하게 쓰일 나무도 있을 것이다.

저 멀리에서는 울창한 숲의 아름다움만 볼지라도 그 안에서는 저마다의 아픔을 간직한 나무 한 그루 한 그루가 오늘을 버티며 살아가고 있다. 인생은 멀리 떨어져 희극처럼 봐야 할 때도 있지만, 어떤 때는 가까이서 비극을 마주

봐야 할 때도 있다. 어느 순간에도 담담하기를, 좀 더 내 마음이 고요해질 수 있기를 바란다.

우리 아들이 진짜 ADHD래

• 정신과 대기실에서 다른 환자들을 마주하는 것은 그다지 달갑지 않다. 서로가 서로를 침묵 속에 외면하면서 내 순서를 기다리는데 한 아이가 엄마 손을 잡고 들어왔다. 초등학교 4학년쯤으로 보이는 아이는 소파에 가만히 앉아 있지를 못하고 서성이거나

손으로 자주 얼굴을 만지며 기다리는 것을 힘들어했다. 엄마는 피곤에 찌든 수척한 얼굴이었다. 아이가 나와 같은 증상을 가지고 있구나, 한눈에 봐도 딱 알 수 있었다. 내 차례가 돼 먼저 진료를 받고 나오는데 그 아이의 엄마가 화장실에 주저앉아 울면서 통화를 하고 있었다.

"우리 아들이 진짜 ADHD래. 설마 했는데 어떡하면 좋아. 내가 무슨 잘못을 했다고 우리 애가…… 세상에 어떡해……. 어머님한테는 어떻게 말해. 선생님한테는. 누가 우리 애랑 놀려고 하겠어. 어떡해 여보."

들썩이는 아이 엄마의 어깨를 한참 동안 보고 서 있었다. 나는 지금보다 더 괜찮은 사람이 될 거라 생각하며 희망찬 마음으로 병원에 다니고 있었다. 그런데 그 엄마는 아이가 불치병이라도 걸린 것처럼 슬퍼하고 있지를 않나. 몇 분 안 되는 동안 나도 눈치 챌 만큼 아이의 증상은 뚜렷했으니 아마 매일 아이를 봐온 엄마는 이미 아이의 상태를 의심했을 것이다. 한창 자라고 있는 내 아이가 그런 병을 갖고 있다는 사실을 받아들이기 힘들었을 테니 펑펑 울고 있는 엄마의 마음이 충분히 이해됐다.

그러나 "잠깐 여기 있어" 하고 화장실에 간 엄마를 하염없이 기다리고 있을 아이가 생각났다. ADHD 환자에게 기다림은 굉장히 어려운 일이다. 아마 그 아이는 엄마가 오랫동안 돌아오지 않아 불안함을 느끼고 있을 것이다. 빨개진 눈으로 돌아온 엄마가 아이와 눈을 마주치지 못한다면 아이는 영문도 모른 채 주눅이 들지 않을까. 마치 자신이 큰 잘못이라도 저지른 것처럼 말이다. 하지만 미안해한다고 해서 고쳐지는 병이 아니다. 그러니 아이가 그런 죄책감을 갖고 살아가지 않게끔 엄마에게 한마디 해주고 싶었다.

"어머님, 이렇게 다 큰 저도 ADHD라네요. 어머님의 아이처럼 똑같이 분노를 조절하기 힘들고 주의력결핍장애를 갖고 있어요. 그런데 이렇게 평범하게 살고 있답니다. 결혼해서 예쁜 딸도 낳았고 신의 직장이라고 불리는 공기업에서 9년 차 과장으로 일하고 있어요. 그러니 이 모든 것이 어머님 때문이라며 자책하지 마세요. 저는 성인이 되고 먹고 살 만해진 후에야 제가 ADHD라는 걸 알았어요. 그런데 아드님은 훌륭한 어머님 덕분에 빨리 알아차렸잖아요. 주변의 시선에 흔들리지 마세요. 어머님이 아이에게 죄책감을 갖고 미안해하거나 아이를 짐으로 여기면 아이의 자존감은 떨어질 거예요. 아이가 올바른 가치관을 쌓아 자신감 있게 나아갈 수 있도록 응원해주시면 돼요. 지금 여기서 주저앉아 울지마시고 화장실 앞에서 엄마를 기다리고 있는 아이 손을 잡아주세요!"

이렇게 말하고 싶었다. 아이를 위해 여기까지 용기 내서 온 당신은 너무 훌륭한 엄마라고, 그러니 아이는 멋지게 변해갈 수 있다고 말했어야 했다. 하지만 나조차 내가 그 환자라고 말할 용기가 없었다. 낯선 이에게 고백할 준비가 되지 않았다. 마음속에서는 크게 소리쳤지만 눈물을 닦는 어머님을 아무 말 없이 보낼 수밖에 없었다.

ADHD는 흔히 소아청소년기에 발견되지만, 제때 치료를 받으면 성인기까지 이어지지 않을 수 있다. 그 과정에서 아이는 분명 자신의 내면을 알아가고 다른 사람들을 헤아리는 법을 배울 것이다. 장애를 갖고 있는 나를 사랑하는 법을 알 수 있다. 누구에게나 그늘이 있다면 빛도 존재하기 마련이다. 지금은 사람들 눈에 아이가 엉뚱하고 사회성이 떨어지는 것처럼 보일지라도 나름의 창의적인 시각으로 세상을 다채롭게 보고 이끌어나갈 수 있다. 엄마만 아이를 믿고 응원해준다면 무엇인들 못할까.

정말 아픈 사람은 병원에 오지 않는다

• 인생이 300페이지의 소설이라면 30대 후반인 지금, 이제 100페이지를 지나온 셈이다. 나는 내 인생의 삼분의 일을 건너오는 동안 내가 쓰는 소설의 주인공이 어떤 캐릭터인지, 삶을 이끄는 모티브가 무엇인지 깊이 있게 생각해본 적이 없다. 그저 남의 눈에

비친 피상적인 모습만 바라보며 살아왔다.

서른 살이 넘어 받은 심리 진단 검사와 ADHD 판정, 이어진 심리 상담을 통해 내가 누구인지 비로소 돌아보게 됐다. 사춘기를 겪고 나만의 가치관을 정립해갈 무렵을 떠올리며 그동안 내가 어떤 길을 걸어왔는지, 그 길의 결이 어떠한지 더듬어봤다. 외면하고 있던 내 본모습을 정면으로 마주하느라 많이 아팠지만 건강해지기 위해 꼭 필요한 과정이었다.

많은 사람들이 정신과 가기를 꺼려한다. 감기에 걸리면 내과에 가듯 마음이 아파 정신과에 가는 것뿐인데 '정신병자'처럼 보일까봐 두렵기 때문이다. 나 역시 그런 시선 때문에 정신과 방문을 망설였었다. 한번은 의사 선생님이 진짜 병원에 와야 할 사람들은 오지 않고, 그들로부터 상처받은 사람들만 병원에 온다고 위로해준 적이 있다. 정말 아픈 사람들은 자신이 마음이 아프다는 것을 인지하지 못한다. 나를 객관적으로 알 수 있는 기회는 적극적으로 찾지 않으면 오지 않는다. 아무리 책을 읽고, 좋은 이야기를 들어도 나를 제대로 모르는 사람은 자기 성찰을 할 수 없다. 내가 지금 왜 화를 내고, 왜 우울해하는지 알아야 길을 잃어도 돌아올 수 있는 법이다.

반복되는 갈등과 실패로 혼란 상태에 빠지기도 했지만 이제는 그런 나를 가장 먼저 위로할 수 있게 됐다. 내가 나를 알기에 실수하기 쉬운 환경은 되도록 피하고 내가 날개를 펼 수 있는 곳에서 더 능동적으로 살아보려 한다. 소설에서 갈등은 빠지지 않고 등장하는 필수 요소이다. 앞으로도 내 인생에는 수많은 어려움과 갈등이 계속해서 튀어나올 것이다. 그래도 주인공은 자신이 어떤 길을 걷고 있는지 알게 됐으니 더 이상 당황하지 않고 주체적으로 자신의 행복을 지키리라 믿는다.

도망가거나 마주하거나

• 레비 핀폴드Levi Pinfold의 동화《블랙 독》에 나오는 검둥개는 두려움의 대상이다. 호프 아저씨네 집에 나타난 이 검둥개는 사람들이 두려워하면 할수록 크기가 커진다. 검둥개의 그림자를 보고 아빠는 호랑이만 한 검둥개가 나타났다 말하고 엄마는 코끼리만

한 검둥개를 봤다고 한다. 첫째는 티라노사우르스처럼 컸다며 기겁하고, 둘째는 TV에서 본 괴물 같았다고 한다. 온 가족이 공포에 휩싸여 이불 밑에 숨어버리자 '꼬맹이'라 불리는 막내가 한마디 한다.

"에이 겁쟁이들!"

그러고는 문 밖으로 나가더니 혼자 검둥개를 만나 함께 많은 시간을 보낸다. 시간이 흐를수록 검둥개의 크기는 점점 작아진다. 마침내 가족들 앞에 모습을 드러낸 검둥개는 고양이 문을 통과할 정도로 작아져 있었다.

우리는 살면서 필연적으로 검둥개를 만나게 된다. 실수도 잦고 눈물도 많은 내가 아이의 모든 것을 결정하는 상황에서 도망치고 싶었다. 나의 부족함이 만천하에 드러나고, 그런 나로 인해 아이가 잘못될까봐 매일 같이 불안해했다. 내 안의 검둥개가 내 세상을 집어삼키고 나면 나는 결국 사랑하는 사람들에게 상처를 주게 됐다.

하지만 두려움과 용기는 동전의 양면과도 같아서 두려움을 어떻게 대하냐에 따라 내 상황은 달라질 수 있다. 나는 전문가의 도움을 받아 나의 장애를 대면하는 용기를 택했다. 적절한 상담과 치료로 내 안의 검둥개를 살펴봤고, 길들이는 법을 배웠다. 이미 커질 대로 커져버린 검둥개가 두려웠지만 진실하게 다가갔다. 내 품에서 예쁘게 커가는 아이를 확인하면서 나의 검둥개는 점점 작아졌고, 자기계발을 하면서 한층 더 강해진 마음으로 검둥개를 끌어안았다.

앞으로도 검둥개는 여러 얼굴을 하고 내 앞에 나타날 것이다. 그러나 처음 엄마가 됐을 때 봤던 그 괴물 같은 모습은 아닐 거라 장담한다. 또 한 번 검둥개를 만나게 되면 그때는 쫄지 않고 기꺼이 검둥개의 친구가 돼보리라.

나와 친해지기를 바라

육아 휴직 기간 동안 아이와 교문 앞에서 헤어지고 나면 나는 혼자가 됐다. 외로움이나 두려움보단 안정감과 고요함이 찾아왔다. 아침의 여유도, 한낮의 눈부심도 생경하게 다가왔다. 돈을 벌기 위해 억지로 해야 할 일도, 불편한 사람들과 부대낄 필요도 없었다. 잘 보일 사람도 없으니 더 이상 애쓰지 않아도 됐다. 부정적인 생각과 불만으로 가득 찼던 내 마음에 조금씩 빛이 들어왔다.

혼자만의 시간을 보내면서 나 스스로를 계속 관찰했다. 말이 많아서 스스로가 외향적인 줄 알았다. 밝고 쾌활해 보이려고 했던 것은 주목받고 싶은 욕심 때문이었다. 그런데 나는 혼자가 편했고, 사람들 속에 있을 때 더 외로운 사람이었다. 관계 속에 뒤섞여 애써 활발하게 웃고 괜찮아할 때 삶의 체증을 느꼈다.

인간은 본디 외로운 존재다. 그것을 인정하면 마음이 편안해진다. 남들과 어울리는 데 많은 시간을 쓰다보면 정말 내가 하고 싶은 것을 하지 못한다. 바깥 활동만 하다보면 다른 사람과 그들에게 비친 내 모습만 생각하느라 진짜 나를 보지 못한다. 내가 어떤 사람인지, 내게 어떤 능력이 있는지 스스로 알아야 한다. 과거를 돌아보지 않는 사람은 실수를 되풀이한다. 반성의 시간을 거치면서 스스로를 냉철하게 볼 수 있었다. 사람들이 혼자가 되는 것을 두려워하는 이유는 자기 자신을 마주할 용기가 나지 않기 때문이다.

하지만 그럴 때일수록 더 혼자가 돼야 한다. 삶의 반경이 집 안에만 국한되면 시야가 점점 좁아지면서 내 삶의 중심을 잃게 된다. 끊임없이 나를 자극하는 주변 환경에서 멀어지는 만큼 여유가 찾아온다. 가족을 위해 완벽한 엄마가 아닌 나를 위해 행복한 사람이 되려면 엄마가 주는 의무감부터 벗어던져야 한다. 꾹꾹 눌러왔던 내 안의 진짜 감정을 알아차려야 비로소 행복해질 수 있다.

육아 휴직이 끝난 후에는 일요일마다 남편이나 양가 부모님께 아이를 맡기고 반드시 나만의 시간을 가졌다. 아이를 맡길 곳이 마땅치 않은 엄마들을 위해 6~36개월 미만의 영아를 하루에 두 시간씩 돌봐주는 시간제 보육도 정부에서 운영하고 있으니 부지런하게 알아보고 신청해 스스로 행복해지는 길을 찾았으면 좋겠다. 모든 선택은 용기에서 비롯된다.

오늘은
어떤 꿈을 꿔볼까

• 어느 날 아이 낮잠을 재우다가 같이 잠에 들었다. 꿈속에서 나는 집안일도 대충, 회사 일도 대충, 모든 될 대로 되란 식으로 하고 있었다. 아이를 키우는 내 모습이 테이프 감기듯 빠르게 지나가더니 눈 깜짝할 새에 80세 할머니가 돼버렸다. 노인이 된 나는

'아 나는 한 번도 열정적으로 산 적이 없었어' 하면서 슬퍼하다 처량하게 죽음을 맞이했다.

꿈에서 깨자마자 얼굴을 더듬었다. 주름진 얼굴이 아니라 안도의 한숨이 절로 나왔다. 한 번만 더 살 기회를 달라고 애원해서 다시 현실로 돌아온 게 아닐까 싶을 정도로 생생한 꿈이었다. 어쩌다 엄마가 된 것처럼 어쩌다 할머니가 될까봐 두렵다. 내 묘비명에 '우물쭈물하다가 내 이럴 줄 알았다'고 쓰게 되면 어쩌지. 아이를 재운 뒤 맥주 한 잔과 함께 TV를 보는 일상의 소소한 행복을 누리고 있지만 왠지 모를 공허함이 크다. 상담사는 내게 새로운 목표를 찾아야 한다고 했다.

"은이 씨는 그동안 생존에, 취업에, 결혼에, 육아에 쉼 없이 달려오다가 '엄마'라는 자리에 오래 머물다보니 불안함을 느끼는 거예요. 다른 가치를 찾아보세요. 새로 도약할 무언가를 찾는 것도 방법입니다."

꿈에 나온 할머니처럼 먼 훗날 인생 참 허망하다고 눈물 흘리지 않도록 나 자신을 되돌아볼 때가 왔다. 하지만 지난날처럼 성공만 좇는 좀비처럼 살고 싶지는 않다. 학업, 취업, 결혼에 몰두할 때에는 내게 너무 인색했다. 스스로가 느슨해질까봐 혹독하게 대했다. 그 덕에 여기까지 올 수 있었지만 그 과정에서 내 영혼은 피폐해졌다. 20대, 생애 가장 아름다운 순간에 긴장을 유지하고 살아온 것이 습관이 돼 평생 망령처럼 나를 쫓아다닌다면 너무 끔찍한 삶이지 않은가. 더는 그렇게 살고 싶지 않다.

'이제 와 꿈을 꿀 수 있을까?' 고민하기보다 '오늘은 어떤 꿈을 꿔볼까?'만 생각하고 싶다. 그래야 아이가 다 커서 더 이상 엄마의 손길을 필요로 하지 않을 때에도 공허함을 느끼지 않을 것이다. 엄마, 아내, 딸이 아닌 나는 어떨 때 행복을 느낄까. 어떤 꿈을 향해 달려가볼까. 생각만 해도 마음이 설렌다.

더 나은 사람이 되는 일만 남았다

• 주부 10년 차가 돼가지만 여전히 집안일이 어렵다. 스스로 그런 성향임을 알면 불만도 없어야 할 텐데 '집안 꼴이 이게 뭐야. 나는 왜 정리도 못하는 거야' 하며 우울해한다. 그래서 일주일에 두 번, 하루에 네 시간씩 청소 업체의 도움을 받는다. 퇴근 후 깨끗

하게 정돈된 집을 보면 (비록 내가 한 것은 아니지만, 비용을 지불하고 있으니) 좋은 아내, 엄마가 된 것 같아서 뿌듯해진다. 내가 못하는 것은 잘하는 분에게 맡기고 그 대신 옷을 덜 사고 택시를 덜 타는 방식으로 다른 소비를 줄이고 있다.

스케줄이나 약속도 곧잘 잊어버린다. 하루 중 회사에 있는 시간이 많기 때문에 일보다는 아이와 관련된 스케줄을 특히 놓치기 쉽다. 요일마다 다른 픽업 시간부터 숙제, 각종 학교 행사, 엄마들의 모임까지 복잡하고, 혼란스러웠다. 그래서 스케줄을 일주일 단위로 세부적으로 짜놓고 습관화했다. 요일별로 아이 학원이 끝나는 시간을 알람 설정해두고 엄마들의 모임과 각종 행사는 핸드폰 일정 어플과 회사 스케줄러에 모두 표시한다. 남편에게도 매달 일정을 공유해 나를 도와주게끔 한다. 알람은 예정 시간보다 30분 일찍 설정해놓고 마음의 여유를 갖고 준비한다. 이렇게 아이 학원 시간, 학원별 숙제 시간, 수면 시간, 심지어 남편과의 스킨십 시간까지 세부적으로 세팅해놓고 그대로 따라하니 몸에 익게 됐다.

업무 중에는 키보드 밑에 A3 종이를 깔아놓고 통화를

하거나 회의할 때 잊지말아야 할 사항들을 바로바로 메모한다. TO DO LIST 메모지도 따로 마련해 진행 중인 일들을 중요도와 우선순위에 따라 다시 정리한다. 한 프로젝트가 끝날 때마다 체크하면서 성취감을 느끼고 새로운 일을 준비한다. '설마 내가 이거는 기억하겠지' 하고 귀찮아서 머리를 믿으려 할 때 마다 '아니, 너는 무조건 잊어'라고 몸이 대답해준다. 적자생존, 적는 자 만이 살아남는다. 무엇이든 시각화해서 각인시켜야 된다.

제일 미운 증상이 있다면 바로 페이드아웃이다. 상대가 전혀 공감할 수 없는 이야기를 하면 머릿속이 점점 어두워지면서 소리도 들리지 않는다. 상대는 한참 이야기하고 있는데 '어제 내가 뭐를 먹어서 속이 안 좋은 거지?' '오늘 아침에 화를 내서 딸이 학교에서도 우울해하고 있는 거 아냐?' 같은 잡념들이 마구 떠오른다. 그러다 다시 현실의 소리가 들리기 시작하면 나는 전혀 생뚱맞은 대답을 하고야 만다. 그래서 직장에서 신뢰를 잃기도 하고, 주변 사람들에게 상처를 주기도 했다. 이 또한 ADHD의 증상이라니 좀 슬펐다.

다행히 이제는 페이드아웃이 되는 시점을 알아차린다. '안 돼! 화면이 어두워지고 있어!' 하는 그 시점에 상대의 말을 정리하면서 머릿속에 화면을 밝게 켠다. "아, 이런 저런 점 때문에 그렇게 된 거구나. 다른 방법은 없나요?" 라며 말의 요점을 정리해 재확인하면 대부분은 기분 나빠하지 않고 내가 놓친 부분을 정정해준다. 그리고 이어가는 대화에서는 두 번째 페이드아웃이 오지 않도록 내가 반드시 반응해야 할 부분을 찾아낸다. "그런 것도 좋네요. 나는 그렇게 생각 못할 것 같은데 대단해요" 하며 리액션 대장이 된다.

적자생존과 요약 기법은 살아가기 위한 나의 생존 전략이었는데, 성공한 사람들의 공통된 습관이라고 한다. 내 삶을 충만하게 살 수 있는 좋은 습관까지 체득했으니 ADHD가 내게 나쁜 것이라고만은 할 수 없다.

상담도 그러했고, 책을 통해서도 ADHD의 기술적인 극복보다는 완벽하지 않은 나를 사랑하는 마음, 가벼운 실수는 웃어넘길 수 있는 긍정의 힘을 강조하고 싶었다. 내가 행복해지기 위해 반드시 필요한 것은 이런 나를 있는 그대로 사랑할 수 있는 마음이니까.

자주 까먹고, 산만한 ADHD의 증상이 내 안에 열등감을 만들었다. 잘하고 싶은 마음은 굴뚝같지만 따라가지 못하는 나 때문에 속상했던 적이 한두 번이 아니다. 실수가 반복될수록 완벽해야 한다는 강박이 심해지면서 늘 긴장한 상태로 살아왔다. 굳이 그렇게까지 나를 작아지게 만들어야 했을까.

슈퍼우먼을 꿈꾸던 내가 ADHD라는 것을 처음 알았을 때의 그 당혹스러움이란……. 애초에 될 수 없는 것을 꿈꾼 게 아닌가. 그런 줄도 모르고 그것만 쫓아가느라 참 힘들고 불행했다. 상담사는 큰 틀에서 보면 좋고 나쁜 게 없고 결국 어떻게 받아들이냐에 따라 내 삶이 달라진다고 말했다. 나는 ADHD로 인해 내 삶을 성찰하고 내면의 소리에 귀 기울였다. 그리고 행복을 찾았다. 완벽하게 나를 이해할 수는 없어도 온전히 나를 사랑할 수 있다. 누군가가 나를 이기적이고 부족한 사람으로 볼지라도 내 눈에는 내가 꽤 괜찮은 사람이다. 이렇게 나 자신에게 사랑을 받는 지금, 내 인생이 아름답다. 참, 이런 순간이 내게도 오는구나.

바람 따라
흩날리는 재미

• 과거에게 미안하지만 다시 살 기회를 준다고 해도 그때로 돌아가고 싶지 않다. 과거를 떠올리면 쓰린 감정밖에 올라오지 않는다. 살았던 동네, 다니던 학교나 회사를 다시 가보면 마음이 아파서 제대로 쳐다보지도 못한다. 그때는 나름 행복하고 감사한 일

들이 많이 있었다고 생각했는데 지금 생각해보면 그저 아프기만 하다. 우울한 일들에 동기 부여를 해서 더 열심히 살아야 한다고 채찍질했기 때문일까.

상담사는 많은 사람들을 겪어봤지만 나는 다른 사람들과 좀 다르다고 말했다. 나처럼 과거에 트라우마가 있는 사람들은 대부분 힘들어하고 좌절하다 비슷한 성향의 배우자를 만나 다시 힘들어하다가 자식을 낳으면서 악순환이 끊이질 않는다고 한다.

"은이 씨는 그런 수레 속에서 이렇게 살면 안 되겠다, 이러지 말아야겠다 생각하고 꾸준히 노력해왔어요. 그런 사람들이 생각보다 많지 않아요. 정말 드문 케이스예요. 어려운 환경에서 공부를 지속해왔고, 꾸준히 아르바이트를 해서 대학 생활을 이어갔고, 어렵게 들어간 회사에 머물러 있어도 되는데 거기도 나와서 대학원을 갔잖아요. 그것만으로도 대단하신 겁니다. 스스로 행복을 찾아서 노력해왔기 때문에 지금 행복하신 거예요. 근데 그 불안해했던 과거의 버릇이 아직도 남아 은이 씨를 괴롭히는 거 같아요."

상담사는 내가 지나온 삶에 대해 매번 긍정적으로 표현

해주는데 아마 내가 스스로 자부심을 갖기를 바라는 마음에서 그러는 듯하다. 어릴 적 살던 동네에서 계속 살고 있는 친구들을 가끔 만난다. 부모님이랑 가까운 곳에 집을 얻고 그 동네에서 직업을 가진 친구들을 보면 어쩐지 마음이 편안해 보인다. 흔들리지 않는 굵고 깊은 뿌리를 가진 느낌이랄까.

반면 내게 익숙함은 안정감이 아닌 고립감이다. 상담사는 내가 스스로 좌절의 대물림을 끊고 발전해왔다고 좋게 포장해줬지만, 한 자리에 오래 머무르지 못하는 것은 사실 ADHD의 성향 때문이다. 쉽게 호기심을 가지고 빠져들었다가 조금이라도 흥미를 잃으면 금세 불안해져서 눈을 돌리는, 전형적인 주의력결핍장애의 특성이다. 다행히 새로운 것에 도전할 때마다 가시적인 성과를 보았기에 이전보다 발전한 사람이 될 수 있었을 뿐이다.

뿌리 깊은 나무처럼 언제나 평온하고 안정감 있는 사람도 좋지만, 나는 나대로 민들레 홀씨처럼 바람 따라 이리저리 흩날리며 계속해서 재미를 찾아나가도 되지 않을까. 육아와 살림, 일을 병행하는 것은 쉽지 않고 여전히 몰입과 불안을 반복하지만, 딸이라는 인생의 발랄한 동행자까지 생겼으니 더 신나는 모험이 될 것 같다. 불안을 디딤돌 삼아 나아가는 법을 아이에게 몸소 보여줄 수 있으리라.

상담이 끝났다

• 어느덧 상담 마지막 날. 병원을 찾으니 상담사는 상담 초에 제출했던 나의 성장기를 읽고 있었다.

"수신제가치국평천하修身齊家治國平天下라고 하잖아요. 은이 씨는 본인의 삶을 완성시키는 '수신修身'의 끝에 온 것 같아요. 여러 가지 방법으로 자신을 수양하고, 집안을 안정시키고齊家, 소속된 사회에 이바지하며治國, 삶의 균형을 맞춰가고 있죠. 이제 '평천하平天下'만 남았습니다. 넘치는 역량을 주변으로 펼쳐나갈 때입니다. 상처를 아는 사람만이 타인도 따뜻하게 바라보고 품어줄 수 있습니다. 주변 사람들의 행복이 이제 조금씩 보이기 시작할 거예요."

2017년 4월부터 시작한 심리상담은 2018년 7월까지 이어졌다. 상담을 통해 나라는 사람의 퍼즐을 맞춰갔다. 나의 감정, 내면의 소리를 듣는 훈련을 했고, 불안과 불면에서 출발해 타인의 고통을 나눌 수 있는 수준까지 내면을 확장시키고자 했다. 상담사는 상담이 끝나면 매번 의사에게 상담 보고서를 제출하는데 이제는 그러지 않아도 될 것 같다며 미소 지었다. 간헐적으로 주체할 수 없이 부정적인 감정에 사로잡힐 때에만 상담을 받기로 했다. 마음이 너무 아픈데 도대체 이유를 모를 때 내가 갈 곳이 있다는 것만으로 충분히 안심됐다.

전보다 실수가 적어졌다고 말할 수는 없다. 하지만 전처럼 나를 원망하지는 않는다. 실수를 끊임없이 재생하는 시간보다 아이와 진심으로 웃고 노는 날들이 많아졌다. 나와 내가 사랑하는 사람들이 삶의 중심이 되니 그 외의 것들은 거리를 두고 침착하게 바라볼 수 있게 됐다. 삶의 근육이 조금씩 붙고 있는 요즘의 내가 마음에 든다.

저승에서 웃으면 무슨 소용인가

• 죽음을 깊이 생각하면 모든 게 덧없게 느껴진다. 유대교의 하시디즘•에 따르면 사후 이

• 18세기 동유럽 국가에서 시작된 유대교의 종교 운동으로 율법의 내면성을 존중하는 경건주의를 따른다.

승에서 연을 맺었던 모든 영혼이 한자리에 모인다고 한다. 영혼들은 둥글게 앉아서 이생에서 겪은 일을 돌아보다가 배꼽을 잡고 껄껄껄 웃는다. 자신들이 너무 심각하게 살았기 때문이다. 어차피 이렇게 죽게 될 텐데 너무 사소하고 하찮은 일에 마음을 쓰고 감정을 소모하며 살았던 것이다.

그렇다면 나는 저승에서 포복절도를 예약해둔 셈이다. 매 순간 사람들의 눈치를 보면서 신경을 곤두세운 채 살아왔다. 기대했던 반응이 오지 않으면 내가 무슨 잘못을 한 건 아닐까 걱정부터 앞섰다. 남에게 쉽게 부탁하지 못하면서 누군가의 무리한 부탁은 싫은 내색도 못하고 잘도 들어줬다. 마음에 들지 않아도 정말 좋은 것처럼 내 마음을 외면하기도 했다.

웃으면 복이 온다고 하는데, 이미 죽은 마당에 그게 무슨 소용이 있을까. 지금부터라도 저승에서 내뱉을 웃음소리를 작아지게 만들고 싶다. 실수와 혼란이 반복돼도 끙끙대지 않고 '뭐, 어쩔 수 없지'라고 생각할 것이다. 조금 비뚤어진 내 모습을 있는 그대로 존중할 것이다. 남의 비위가 아닌 내 비위를 맞추며 살아가고 싶다. 그동안 사랑을 받기 위해 노력해왔다면 이제는 사랑을 주는 사람이 될 것이다. 저 세상에 가서 쓸데없는 것을 신경 쓰느라 정작 내게 중요한 사람들과 함께하지 못했다며 아쉬워하지 않도록 긍정과 사랑의 에너지를 나와 내 가족에게, 그리고 온 세상에 뿜어내며 살아갈 것이다. 이제부터는 여기에서 더 많이 웃어야지. 하하하.

나는
당당한 엄마이고 싶다

• 책으로 내 이야기를 털어놓는 것이 어려웠다. 상대의 아픔을 약점으로 잡고, 그 약점을 이용하는 사람들이 있기에 두려웠다. 어쩐지 이상했다며 나를 비난할 것 같았다. 하지만 이제는 안다. 그것은 그 사람이 살아가는 방식이고, 내가 어찌할 수 있는 일이

아니라는 것을. 나는 나대로 세상을 살아가면 된다.

책을 쓰겠다고 말했을 때 남편과 딸은 열렬히 박수쳐줬다. 남편은 "그동안 엄마로서 열심히 일하고 살았으니 하고 싶은 것 해"라고 말해줬다. 참 예쁘고 고마운 사람이다.

"그래. 지금은 내가 당신의 도움을 기쁘게 받을게. 당신도 꿈이 생기면 말해. 그때는 내가 밀어줄 테니까!"

딸은 엄마의 꿈을 듣고 박수치면서 좋아했다.

"우와! 엄마 책이 나오는 거야? 무슨 책을 쓸 거야?"

"음…… 아직은 비밀이야. 딸이 엄마의 나이가 됐을 때 힘이 되는 책을 쓰고 싶어."

아이는 팔짝팔짝 뛰면서 좋아했다. 30대의 엄마가 치열하게 고민하고 살아왔던 흔적을 남기면 훗날 아이가 어른이 됐을 때 삶의 무게를 견딜 수 있는 힌트가 되지 않을까. 딸은 내게 뽀뽀를 해주면서 엄마 딸이어서 자랑스럽다고 말했다. 그날 밤 딸의 일기장에는 이렇게 쓰여 있었다. '엄마는 아이의 마음을 잘 이해해주니까 아이를 위한 책을 써도 좋을 것 같다.'

딸은 엄마의 꿈이 무엇인지, 어떤 삶을 살고 싶은지 아주 쉽게 받아들였다. 딸에게 어른이 돼서도 자신을 잃어버리지 않는 방법을 알려주고 싶었다. 아이에게 엄마가 어떤 꿈을 꾸는지, 어떻게 그 꿈을 이뤄가고 있는지를 자주 말해준다. 그럴 때면 아이의 눈빛은 어느 때보다 반짝인다. 아이는 자신의 꿈과 미래에 대해서도 더 많이 고민하고 신나게 말한다. 매일 꿈이 바뀌기는 하지만 그마저 소중한 시간이 아닌가. 이렇게 엄마가 자신의 인생 앞에 당당해지면 내 아이도 그렇게 당당하게 살아갈 것이다. 아이 옆에서 언제나 "그래도 괜찮다"고 따뜻하게 안아줄 테니 아이는 자신의 인생을 잘 헤쳐가기를, 우리 모두가 불완전한 존재임을 받아들이며 관대한 눈으로 세상을 바라보기를 바란다.

∽ 추천사 ∽

아이 어른에서 어른으로 성장하는 길

- 임상심리학자 진성오 -

우리는 유난히 산만하고 집중력이 낮은 아이들을 ADHD 혹은 주의력결핍증이라고 진단합니다. 소아청소년기에 주로 나타나는 이 증상은 집중력, 판단력, 충동성을 관리하는 전두엽의 문제로 설명됩니다. 열악한 성장 환경과 부모의 나쁜 양육 방식은 ADHD의 직접적인 원인은 아니지만, 그로 인해 증상이 악화될 수 있으므로 단순히 치료제 복용만으로는 극복하기 힘든 병입니다.

최근에는 성인 ADHD 환자 수도 증가하는 추세입니다. 성인의 경우 사회생활 속에서 많은 고충을 겪게 됩니다. 시작은 하나 제대로 일을 끝내지 못한다, 약속을 자주 까먹거나 지키지 못한다, 끈기가 부족해 실패를 반복한다, 감정조절이 어렵다, 술이나 약물에 과도하게 의존한다, 지나치게 예민하고 소심해 인간관계가 원만하지 못하다, 같은 일상에 지장을 주는 문제를 겪곤 합니다. 하지만 정작 이들은 자신이 왜 불안하고 우울한지 이유를 알지 못합니다. 그저 그 감정 속에서 허우적댈 뿐이죠. 무엇보다 실제 자신의 문제 원인이 ADHD에 있을 거라고는 상상도 못합니다.

특히 가정-직장-육아의 트라이앵글 속에 갇힌 여성의 경우 더욱 힘든 경험을 하게 됩니다. 아내로서, 직장인으로서, 엄마로서 어떤 역할을 수행해야 하는지 알고 있지만 마음처럼 되지 않는 현실 때문에 부정적인 감정에 휩싸이는 것입니다. 우울증인 줄 알고 병원을 찾았다가 검사 후 ADHD라는 걸 알게 되는 경우도 이 때문입니다. 이상과 현실 사이의 괴리감으로 인해 자존감이 떨어지고 우울증까지 앓게 되는 것이죠.

이 책의 저자 역시 자신이 ADHD임을 알고 놀랐던 모습이 떠오릅니다. 지금 느끼는 우울과 불안이 유년 시절의 상처 때문만이 아니라 보다 본질적인 문제가 있었단 것을 깨닫고, 자신에 대한 퍼즐을 하나씩 맞춰갔죠. 그 지난한 과정에서 저자는 많은 눈물을 흘렸지만 본인의 의지와 노력으로 아이 어른에서 어른으로 성장을 했습니다. 책에서 저자는 "모든 선택은 용기에서 비롯된다"고 말합니다. 자신을 바로 마주한 용기, 그 하나만으로 우리는 괜찮아질 수 있습니다.

ADHD이거나 ADHD 성향을 보이는 사람들, 나아가 삶이 버겁고 우울한데 도저히 이유를 모르겠는 분들, 자신의 노력에 비해 성취가 낮아 자존감이 떨어진 분들이 읽어보시면 좋겠습니다. 이 책을 통해 더 이상 나의 불안과 우울을 성격 문제로 치부하지 않고 자신의 마음을 바로 볼 수 있는 용기를 얻길 바랍니다. 이유 없는 아픔은 없으니까요.

자려고 누웠을 때
마음에 걸리는 게
하나도 없는 밤

2019년 6월 10일 초판 1쇄 발행
2019년 6월 17일 초판 2쇄 발행

지 은 이 | 정은이
펴 낸 이 | 서장혁
책임편집 | 장진영
디 자 인 | 조은영
마 케 팅 | 한승훈, 안영림, 최은성

펴 낸 곳 | 봄름
주 소 | 경기도 파주시 회동길 216 2층
T E L | 1544-5383
홈페이지 | www.bomlm.com
E-mail | support@tomato4u.com
등 록 | 2012. 1. 1.

I S B N | 979-11-85419-90-9(03810)

봄름은 토마토출판그룹의 브랜드입니다.

• 이 도서의 국립중앙도서관 출판시도서목록(CIP)은 서지정보유통지원시스템 홈페이지(http://seoji.nl.go.kr)와 국가자료공동목록시스템(http://www.nl.go.kr/kolisnet)에서 이용하실 수 있습니다. (CIP제어번호 : CIP2019017212)